高見順　昭和の時代の精神

川上勉●著

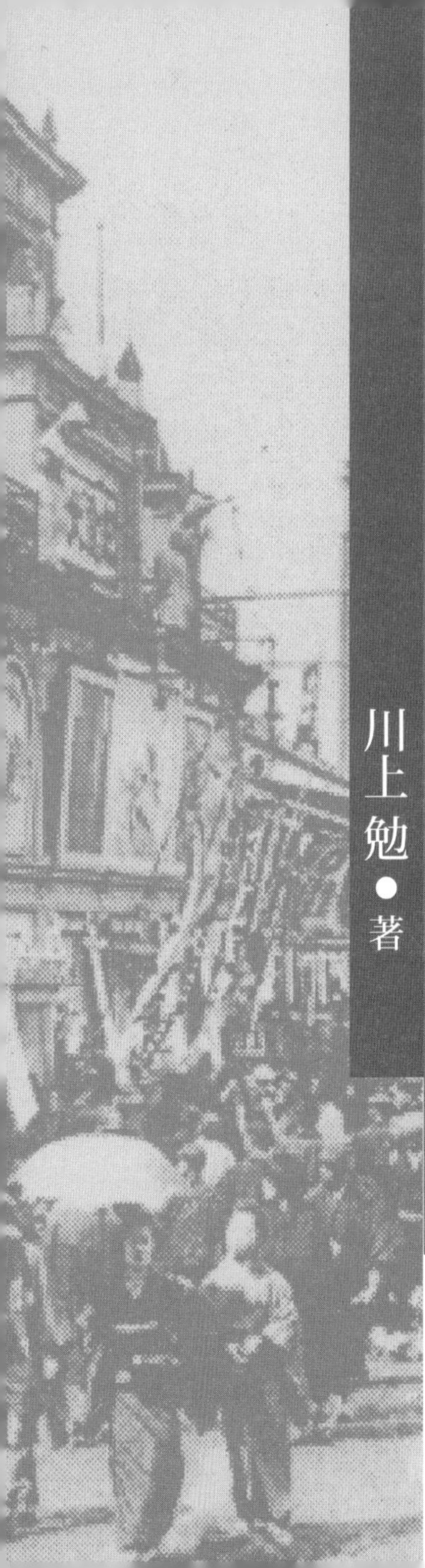

萌書房

凡例

一　高見順の作品からの引用は原則として『高見順全集』全二〇巻＋別巻、勁草書房、および『高見順日記』正・続全一七巻、勁草書房によった。

一　高見順の文章の多くは旧漢字、旧仮名遣いであるが、読みやすさを考慮して新漢字、新仮名遣いに改めて引用した。

一　高見順の作品のタイトルは、単行本だけでなく、短いエセーの場合もすべて『　』で示した。公表された文章であることをはっきりさせるためである。

一　引用文中の〔　〕は引用者による補足である。また、傍点は明記がない場合は、引用者による強調を表す。

一　引用文中の一部に差別的用語がないわけではないが、著者に差別的意図があったとは思われないので、そのままにしてある。

高見順

昭和の時代の精神＊目次

凡　例

序　章　高見順と昭和の時代……3
1　『敗戦日記』の読まれ方　3
2　高見文学の構成要素　7
3　総体的な人生　11

第一章　文学的出発……15
1　プロレタリア文学の方へ　15
2　プロレタリア文学の作品群　22
3　まぼろしの作品　28
4　『日暦』による再出発　31

第二章　時間の落差……33
――『故旧忘れ得べき』――

1 『感傷』と『世相』 33
2 最初の長編小説 39
3 美化される過去 42
4 転向の扱われ方 50
5 短編と長編のあいだ 59

第三章 時間を超越した「場」……63
——『如何なる星の下に』——
1 浅草という場所 63
2 「浅草」のエネルギー 72
3 「私」とは何か 78
——高見順の小説技法——
4 『深淵』 84
——浅草小説の完結——
5 作家Tのこと 89

第四章　戦時体制下の苦悩……97

1　文学の「新体制」　99

2　ジャワ紀行　104

3　文学非力説　112

4　徴用作家としてのビルマ体験　118

5　『東橋新誌』　127
　　――戦時下の庶民生活――

第五章　戦後小説の出発……137

1　戦後最初の作品『貝割葉』　137

2　『今ひとたびの』　140
　　――持続する愛――

3　素描としての長編　145

4　『仮面』　147
　　――イミテーション人間――

5　剝がれた仮面　152

第六章　探求としての小説
——『或る魂の告白』——……157
1　四十歳からの出発　157
2　背景をなす時代　161
3　書くことへの問いかけ　164
4　小説技法の転換　171
5　『風吹けば風吹くがまま』　177
第七章　昭和の時代を描く
——『激流』——……181
1　明治人の才覚
——父辰吉のこと——　181
2　観念としての社会主義
——主人公進一のこと——　185
3　不自然な日常
——再び進一のこと——　192

4　事件と証人　197
——弟正二のこと——
5　兄と弟のこと　201
6　満州へ　204
第八章　動乱の昭和——『いやな感じ』——……209
1　「異端」と「正統」　209
2　加柴四郎という主人公　216
3　時代の内・外　220
4　最終章の問題　226
＊
参考文献　229
あとがき　233

高見順　昭和の時代の精神

序章　高見順と昭和の時代

1　『敗戦日記』の読まれ方

作家高見順は重い病を押して、昭和三十九年末に日本近代文学館の開設総会で挨拶をしたが、それから八カ月後の昭和四十年（一九六五）に帰らぬ人となった。そのときから、やがて半世紀にもなろうとしている。今日では、彼の名前が知られているのは、小説ではなくて、『敗戦日記』（文春文庫ほか）の方かもしれない。いつの頃からか、毎年八月を迎えると、終戦の記憶が風化するのを防ぐかのように、高見の詳細な日記が引き合いに出されるようになった。彼が残した日記は膨大な量にのぼるが（『高見順日記』正・続あわせて一七巻）、とりわけ八月十五日を含む昭和二十年の日記は、戦災のせいでもはや小説を発表する場も失われて、毎日ひたすら新聞を丹念に読みながら戦況や社会の動向を見すえ、せっせと日記に向かうしかなかったことを窺わせるものとなっている。

『敗戦日記』はこれまで多くの人々によって引用され紹介されているが、その重要な意味について、最近では、たとえばドナルド・キーンが『日本人の戦争』のなかで、「高見にとって日記は自分の生活の記録であるばかりでなく日本の苦悶の記録でもあり、これこそ自分の一番重要な仕事であると高見は考えていた」（傍点引用者。以下断りがない限り同じ）と書いている。

加藤周一もまたかつて、「『敗戦日記』の圧倒的な印象は、何よりもまずこの異常な時期によく活写された風俗世相の奇怪さであり、また殊に、爆撃で焼きはらわれるまえに作者が度々訪れた銀座や浅草の街へ寄せるその変らぬ執着である」と書いて（「戦争と知識人」）、加藤が『敗戦日記』から受けた「圧倒的な印象」について語っている。

なぜ『敗戦日記』がくり返し読まれるのか。ドナルド・キーンはこんなふうにも書いている。「高見の日記は、終戦直後の東京と鎌倉で起きた数多くの変化を丹念に記録している。たいして注意を引くようなことが起こらなかった時でも、日記作者としての務めを片時も忘れていない。将来の人間がこの時代について知りたいと思うかもしれないことを、高見はすべて書き留めた」。

キーンは高見の『日記』の意義を記録性に求めるあまり、「日記作者」とまで言い放っているのだが、もちろん、その日記は記録だけに留まる性質のものではない。高見には時代や社会の動向を見つめ、人々の表情のなかに、もの事の本質を見きわめようとする生来的な性向が備わっていたように思われる。いわば社会に対する批判的な眼が、『日記』のなかの随所に光っている。たとえば、八月十五日の日記に、次のような一節がある。この日高見は、鎌倉の自宅で玉音放送を聞いたあと、思い立って東京に出ようとしている。以下は、親友の新田潤を誘って東京へ向かう電車のなかの光景で、向かい側の座席では軍人がふたり、ふんぞり返って話している。

軍曹は隣りの男と、しきりに話している。

「何かある、きっと何かある」

と軍曹は拳を固める。

「休戦のような顔をして、敵を水際までひきつけておいて、そうしてガンと叩くのかも知れない。きっとそうだ」

私はひそかに溜息をついた。（中略）

敵を欺して……こういう考え方は、しかし、思えば日本の作戦に共通のことだった。この一人の下士官の無知陋劣という問題ではない。こういう無知な下士官にまで浸透しているひとつの考え方、そういうことが考えられる。すべて欺し合いだ。政府は国民を欺し、国民はまた政府を欺す。軍は政府を欺し、政府はまた軍を欺す、等々。

ふたりの軍人の会話から、「敵を欺す」という、日本の軍部に深く浸透した習性を描き出しているのは高見の冷静な「記録」と言えるかもしれないが、そこからさらに、「政府は国民を欺し、国民はまた政府を欺す」といった、皮肉に満ちた批判にまで筆が及ぶと、それはもはや記録の域を超えて、日本社会の本質に触れる、冷徹で批判的な眼がはっきりと働いていることになる。克明な日記の根底に流れるこの批判的な眼こそ、高見順が本来的に持ちえた資質の一つであり、それによって、終戦にいたる時代の特徴をくっきりと映し出すことに成功したのである。

高見の日記には、もう一つ忘れてはならない特徴がある。それは、作家として、あるいはひとりの人間として、自己の内面を見つめる内省的な側面である。たとえば、終戦から二日後の八月十七日の『日記』には、友人島木健作の臨終に立ち会った病室での内省がこんなふうに綴られている。

私はいま自分の今までの仕事が、ことごとくうそとはいわないまでも、日増しに強くなって行った制約の中で自分をだましたり、なだめたり、心にもない方向に自分を無理やり進ませて、歯を食い縛って我慢して、そうして書かなかった作品はまずない、そういうことはいえる、そういう悲しい回顧に身を浸している。島木君も、戦争終結と聞いて、同様に感慨に迫られたことと思う。これからやり直しだという島木君の言葉は、私にとって私自身の心奥の叫びである。——島木君はそのやり直しを果たすことができないで死んで行くのだ。私はそれを考えると、胸が裂けるように苦しい。（傍点原文のまま）

膨大な量の日記のなかでも、ひときわ深い悲しみを帯びた文章である。作家島木健作の死を見つめる記述は悲しみに満ちた「記録」には違いないが、このような場面でも高見は、それまでの自分が「心にもない方向に自分を無理やり進ませ」るような作品を書かざるをえなかったのだと、「悲しい回顧」に陥っている。自分についての厳しい内省と言うべきであろう。

このように、高見の『日記』には、その克明な記述の根底に、時代や社会を批判的に捉える眼と、つねに自己を内省する姿勢とが内在している。

2 高見文学の構成要素

上記のような眼や姿勢は、プロの作家としての強烈な自意識に支えられるとき、小説作品を貫徹する基本的な構成要素となる。高見順の小説作品は、『高見順全集』全二〇巻に収録されているものだけでも長編が二〇篇、短編が一九三篇あるが、『全集』に収録されていない作品も多数存在する。彼の小説のなかには、高見自身も書いているように、生活費を得るためにやむをえず書いた、どちらかと言えば通俗的な作品もかなり含まれている。しかし、彼が生涯にわたって追求した、自伝的要素を帯びた私小説的な小説群は、妥協することなく自己の内面を探求するものであると同時に、作中人物を取り巻くその時代の特徴を色濃く反映するものとなっている。

周知のように、高見がしきりと「昭和時代を書きたい」と述べるようになったのは晩年のことである。そこまで目的意識的に昭和時代を強調しなくとも、彼の小説には初期の頃から、主人公たちの生きる時代が自ずから反映されていた。そしてその時代は、便宜的に大別すると、三つの時期に区分することができる。

第一の時期は高見が生まれた明治四十年（一九〇七）から旧制高校に入学した大正一三年（一九二四）まで、第二の時期は大正十四年から終戦の年まで、そして、第三の時期は終戦から亡くなった昭和四十年（一九六五）までである。

第一の時期における基本的なテーマは、元福井県知事だった坂本釤之助の非嫡出子として生まれた出生の秘密であり、母子家庭の子として成長したことである。高見には文字通り『私生児』と題された短編が二篇あるが、そのほかの作品にもこのテーマはくり返し登場する。

第二の時期の大きなテーマは、左翼運動への参加、逮捕と転向、妻の不倫である。学生時代から書き始めたプロレタリア文学の作品、最初の長編小説である『故旧忘れ得べき』などは、昭和時代前半の時代的特徴を端的に表現するものとなっている。

第三の時期を扱った作品は、戦後の風俗や男女関係の心理などを描いたものが多く、意外にも戦後の時代や社会を正面から取り上げたものは少ない。どうやら、高見が「昭和時代を書きたい」と口にした昭和とは、戦後の時代に及ぶにはいたらなかったと思われる。

こうしてみると、彼の小説作品のなかで、時代の動向に影響されながら生きていく作中人物たちの姿を描いているのは、とりわけ第二の時期、つまり昭和の前期であることがわかる。彼が目的意識的に「昭和時代を書きたい」と言っているのは、具体的には昭和の初めから終戦にいたる時期なのである。そのことは、最晩年の三つの作品『激流』『いやな感じ』『大いなる手の影』が扱っている主要な時代を見ればよく理解されよう。

ところで、「昭和時代を書く」といっても、それは時代の証人になるという単純なことを意味するのではない。単なる時代の証人にすぎないのであれば、それこそ「日記作者」の域を出ないことになる。高見が「昭和時代を書きたい」と述べているのはこういうことである。

> 私は私の生きてきた昭和時代というものを書きたかったのであり、書きたいのである。私の生きてきた昭和とは一体どういう時代だったのか。それを私自身に即して、いわゆる私小説として書いてもいい。(中略)昭和時代を全体として描く小説、そういう小説もあるだろうが、無性格な記録小説に堕しがちなそういう小説を書く興味は私にはない。しょせん、それぞれの作家が書いた昭和時代しかありえないのだ。そう思いながら、私に即した形でなく昭和時代といったものを書いてみたい。(『現代史と小説』)

彼は、自分が生きてきた昭和という時代を、作家としてさまざまな方法で書くことは可能だとしながらも、最終的に「私に即した形でなく」、昭和時代を書いてみたいと述べている。

ここで、とりわけ「私に即した形でなく」ということを強調しているのは、『現代史と小説』を執筆したのが昭和三十八年六月、つまり一ヶ月前に『いやな感じ』の雑誌連載を終えたばかりの頃だったからであり、私小説としてではない時代の描き方を実践し、好評を博したからにほかならない。作家が、自分自身の体験した人生とはまったく別の、しかし、自分にもありえたかもしれない人生を描いた小説とは、さまざまな人々が昭和の時代をどのように生きたか、それぞれの人生がどのような意味で昭和時代の人生だったのかを物語る小説にほかならない。そのために作家は、昭和という時代について、歴史家とは違ったかたちで、単なる記録に終わることなく、作中人物たちがその時代を生きる小説として、読者に提示する必要がある。

この「昭和時代を書く」という高見の企図を、奥野健男はその高見追悼の文章のなかで、「昭和全体をまるごと包みこもうという大風呂敷」と表現したことがある（「〝昭和知識人〟の苦悩の典型」）。この「大風呂敷」ということばは、高見が近代文学館開設の挨拶のなかで用いたものの借用だと思われるが（『わが大風呂敷』毎日新聞、昭和三十九年十一月七日）、昭和四十年当時には「大風呂敷」と映ったかもしれない高見の願望も、平成時代も二〇年以上過ぎた現在から見れば、「大風呂敷」とも空疎な野望とも思われない。むしろ、高見文学が次代に残した最大の課題だと考えるべきものである。

本書がこれほど高見の小説の時代性に拘泥するのは、今日の時点で高見文学を評価するとすれば、まず何よりも彼の小説の全体が表現している時代性の特徴を明らかにしなければならないと考えるからである。

3　総体的な人生

高見順は、昭和三十八年十月に食道癌の診断を受け、病魔との闘いを続けながら、近代文学館の創設に向けて精力的に取り組み、その完成にまでこぎつけたのだった。翌三十九年七月には再度手術を受け、いったん退院するものの、十二月に再入院するともはや退院することはなかった。闘病中に書き綴られた膨大な量の日記のうち、昭和四十年三月三日には、

私は、私たちは（平野謙君をもふくめて）私たちの仕事を「総体的」に見てもらいたい、いや、見てもらわねばならぬ。そういう私たちの「文学観」である。この種の「文学観」は、現にすでに今日の若い世代の作家たちから失われている。私の言う「総体的」とは個々の小説の総体的な総轄的な、年代順的な評価という意味だけでなく、作家の歩んだ人生をふくめての「総体的」（文学によって歩んだ人生、文学に表現された人生）という意味である。

と書かれている。この日の日記では別の箇所で「ところが今、私の人生の上に突然、『終結』が来た」とあるように、高見は自らの死がそんなに遠くないことを覚悟しながら、作家として歩んだ人生を「総体的」に見てほしいと訴えかけている。これは高見が後世に遺した痛切なメッセージである。「文学によって歩んだ人生、文学に表現された人生」とは、高見に即して言えば、さしずめ、昭和の時代を生きた人生であり、文学によって表現された昭和の時代、と言いかえることもできよう。

高見の小説作品のなかには、完結されることがなく中断されたままで終わってしまったものも少なくない。病気入院などが理由のものもあるが、多くの場合、精根を使い果たして、もうこれ以上書き続ける気力を失ったという理由によるものである。しかし作家たるもの、それだけでは済まされない。高見には、人生とは完結することのない過程であって、完了するという考え方は安易な妥協にすぎないという信念のようなものがあったのではないかと思われる。結論にまで導くことができないということと、中断してしまうということとは同じではないかもしれないが、小説に対して誠実で厳格な高見は、どちらにしても自分に対して安易な妥協は許さなかった。それにしても、中断されたあとの、書かれるべきものは残ったままである。どうしても書けない部分が存在したままである。高見が「総体的」に評価してほしいと述べているのは、実際に書かれたものだけではなく、このように、書かれるべきでありながら書かれていないものを含めた全体であるように感じられる。「文学によって歩んだ人生」とはそういうことではないだろうか。

いずれにしても、「総体的」な評価とは、現実には非常に困難な仕事である。彼が残した多くの作品――小説だけではなく、詩、評論、紀行、何よりも生涯の多くを占める長大な日記――に目を通すだけでも大仕事なのに、彼が書こうとして結局書けなかった部分、あるいは彼が生きた背景としての時代などを考慮に入れるとすれば、相当量の時間とエネルギーが必要となるだろう。本書は、そういう点で言えば、まことにささやかな高見順論に終わっていると言わざるをえない。

昭和の時代はしだいに遠のいていくが、この時代を、もがき、苦しんで生きたひとりの作家の「総体的な」人間像は、二十一世紀の時代においても、時代のなかに生きる人間の意味を問い続けることの大切さを訴えているように思われる。

第一章　文学的出発

1　プロレタリア文学の方へ

人は一つひとつ選択を積み重ねながら自らの道を決めていくものに違いない。昭和二年四月、二十歳の青年高間芳雄（高見順の本名）が東京帝大英文科に入学を決めたとき、彼は、さらに一歩文学の道へと踏み込んだのである。彼はのちに、「大学へ進むとき、私はハッキリと小説家になろうと意を決した」と書いている（『文学的自叙伝』）。すでに一高時代に短編小説を書き始め、また社会主義の研究会にも顔を出していた彼は、大学生となったいま、文学と思想の結合という課題を自らに課していたに違いない。その具体的な表れが、昭和三年五月に東大のなかに結成された「左翼芸術連盟」への参加であり、同じ五月に、その機関誌『左翼芸術』へ寄稿した『秋から秋まで』の執筆である。このとき高間芳雄は高見順という、それ以後の文学生活を決定づける筆名を選択する。本格的な文学活動を決意した証拠である。

文学と思想の結合は、高見順の場合、あくまでも文学を基本に置くことであり、プロレタリアの立場に立った文学作品をいかに書くかという、昭和の時代に求められた課題を自らも引き受けようとしていたように思われる。こうして、彼が昭和三年から七年にかけて発表した短編小説群は、プロレタリア文学への道を追求する試みであった。

高見順のプロレタリア文学の追求は、昭和三年五月に発表した『秋から秋まで』に始まる。彼の小説作品の習作は、一高時代の大正十五年一月に、同人誌『廻転時代』に発表された『響かない警鐘』に始まり、昭和二年一月に一高の『校友会雑誌』に掲載された『生きているめるへん』まで五篇存在するが、これらのモダニズム的な習作とは一変して、『秋から秋まで』は、地方の貧困な家庭の娘が東京に出てきてからの生き方と、労働運動を支援するひとりの学生の生き方との交錯を描こうとしている。小説の書き方としてはまだ熟さないところが目につくとしても、作者がこの短編のなかで何を描こうとしているか、その狙いはよくわかる。

『高見順全集』(以下『全集』と略記)第八巻の巻末解説を担当した澁川驍《たかし》は、その当時結成された「左翼芸術連盟」とその機関誌『左翼芸術』の経過に触れながら、この短編は、「左翼に転換しようとする時期の作品として注意すべきものであろう」と書いている。何をどのように「注意すべき」なのか、澁川はこれ以上何も触れていないが、たしかにこの短編は、それまで高間芳雄の名で発表されたいくつかの実験的作品とはまったく違った、新しい方向を目指す作品として、さらには、それ以降の高見文学の特徴をすでに備えたものとして注目すべきであろう。

いったい何が「注意すべきもの」なのか。

高見が目指した新しい文学の方向とは、左翼芸術の側に参加する文学、言いかえれば、プロレタリアの立場に立った文学ということであった。実際、彼の取り上げる小説の主題は、社会的貧困層に光をあてるものから、しだいに労働組合の争議やそれに関係する活動家の生活といったものになっていく。

ところで、この『秋から秋まで』のなかには、プロレタリア文学としての側面だけではなく、すでに、その後の高見文学の本質的な特徴をなすいくつかの原型といったものも表れているように思われる。つまり、この短編には、プロレタリア文学を目指す新しい方向だけではなく、小説の書き方そのものの追求という二つの主要な課題が、同時並行的に表現されていると見なすことができるのである。まさにこのことこそ、「注意すべきもの」と言うべきではないだろうか。

それでは、高見文学の祖型と目されるものとは何か。その点を、この短編のもとづいて、四点にしぼって具体的に見ていくことにする。

第一に女性の描き方である。主人公の英子は、さる地方の極く貧しい家庭の娘である。家計を助けるために東京に出てきて働くのだが、カフェのウエイトレスというお決まりの働き口しか見つからない。しだいに男の客を取るようになっていく。愛していた男性の子を宿すが、そのことを相手に打ち明けることもなく、男の前から姿を消してしまう。

ところが、小説の終わりでは、英子は「婦人同盟」の活動家になっている。作者は、貧困な家庭という社会的背景に視点を向け、そうした環境に育った女性がさまざまな生活体験を経て、のちに婦人解放運動に参加することになるという経緯を描こうとしている。だが、その結末はあまりにも唐突なところがあり、英子がどのような経過で婦人活動家になったのか、読者にはまったくわからない。英子の生き方を描く方法がいかにも観念的、形式的なのである。

しかし、角度を変えて見ると、この女性は大変逞しく生きている。高見順の小説作品では、女性は、弱者のようでありながら芯が強く、自分の意志で生きていくことが多い。そういう意味で、英子は高見文学に表れる典型的な女性像をすでに備えていると言えるだろう。

第二に女性の主人公英子と男性の主人公遠藤との関係である。英子が妊娠した相手とはこの遠藤なのであるが、二人は、英子がカフェで働き始めた頃に知り合って、それ以来愛し合っている。だが、英子は妊娠の事実を告げることもなく彼の前から去っていく。お互いに愛していながら別れてしまう男と女の齟齬、ちょっとした心理的な行き違い、そうした男女関係の機微もまた高見文学の特徴だと言うことができる。その機微は、たとえばストライキを指導している遠藤の心理を通して、こんな風に表現されている。

女を愛したい心もちとストライキに対する心もちとの間の大きな、蔽い難いひらきがあるのを、そしてその心もちの冷酷な罅《ひび》の間に、凍った石に触れるに似た味気なさがこととことと、さざめきながれるのを認め無い訳にはゆかなかった。（傍点、ルビ原文のまま）

第三は男性の主人公の生き方に関わる。大学生である遠藤は社会主義を学習し、実際の活動としては学外の左翼の運動団体や組合の支援をしている。しかし、本来プロレタリア階級には属さない学生がプロレタリアートの立場に立って労働組合運動を支援することには、それなりの決断が必要であり、思想的な葛藤や試練もあるだろう。昭和三年には「三・一五事件」（この日、共産党やその同調者およそ一六〇〇名が検挙された）があり、官憲による弾圧が一段と厳しくなっていくこの時代において、投獄・拷問を覚悟の上で、よほどの思想的信念がなければ実際運動に飛び込むことはできない。思想や世界観においてプロレタリアートの側に立つということは重要な選択であり、この重大なテーマが高見文学のもう一つの特徴をなしている。『秋から秋まで』にはそれがすでに表れているのだが、主人公の大学生遠藤がどのような経緯で労働組合運動を支援するようになったのかは、この短編では一切語られてはいない。どうやら主人公はまだ思想的にも実践的にも習熟しておらず、かなり「公式的な」態度を見せているように見える。たとえば、友人から「君のやり方が公式主義的だったのだろうとおもわれる」と批判されると、こんなふうに反省している。「公式主義、そうだ公式主義的だった。自分は英子に唯我武者羅《がむしゃら》に、ただ公式的にプロレタリアの意識をもとめた。だから『社会主義の御説法』に過ぎなかったのだ」。人に接する遠藤の態度は公式主義的で、「社会主義の御説法」にすぎないというのである。

第四に思想や世界観をめぐるテーマは、高見によって、昭和の「インテリ論」として意識されている。昭和初期の時代、大学生であることは大なり小なりインテリとしてのあり方を問われたと言っても過言ではない。高見もそのことを意識していたはずであり、たとえば文中に、「自覚なきインテリゲンチァの腐り切った眼には、こうした女の堕落のみならず、総じてあらゆる現象が何の感動をもともなわないのだ」とか、「自覚なき、浮動せるインテリゲンチァよ！ 汝等、痴愚の栄螺《さざえ》よ。お前たちがたとえ、ちっぽけな自分の貝殻に身を包んで、偏狭な眼を塞いでも、定まった方向をもった、歴史の海流は休みなく汝の頭上をとうとうとして流れているのだ」（傍点原文のまま）といった表現がちりばめられていることから見ても、インテリゲンチャという存在、あるいはインテリゲンチャということばについての意識がつねにつきまとっていることがわかる。

昭和二十年の終戦以前、昭和の知識人がどのように時代と関わって生きてきたか、軍国主義の荒波に対して自らの思想や世界観がどこまで耐えうるかという問題は、もはや文学の域を超えて人間の生き方そのものに関わってくるとも言える。自らの存立基盤を問われながらインテリとしての生き方を問い続けるところに、高見順という作家の特徴を見ることができるだろう。

くり返して言えば、『秋から秋まで』という短編が「注意すべきもの」であるのは、高見順が昭和三年五月の時点で、プロレタリア文学への道を志したことと同時に、のちの高見文学に表れる固有の小説的特徴をも追求しているということにある。言うまでもなく、高見順の新しい文学への取り組みにおいて、この二つのことが意識的に区別されていたわけではあるまい。プロレタリア文学への指向は差し迫った当面の課題であり、このことが何よりも意識的に追求されたのである。

高見は『秋から秋まで』を発表した同じ雑誌『左翼芸術』の創刊号に、『六号感想』という一文を寄せている。この一文は左翼芸術の統一戦線の必要性を説いたものであるが、他方では、プチ・ブルとしての文学者がプロレタリア階級の側に立つことの重要性を訴えるものとなっている。

プチ・ブルヂョアの力は「動揺する力」である。ブルヂョアジーは全力をあげて、この動揺する力を自らの陣営の下にとどめ、利用し、階級戦には反動的勢力として動員させようとして意をつくしている。然し良心あるプチ・ブルはひとりひとりブルヂョアの陣営から去って行く。それは彼等が歴史の方向に眼ざめての自らの行為たるとともに、澎湃として迫り来るプロレタリア階級の進出におされてそれにおし出されての行為でもある。

見られる通り、ここで主張されているのは、本来はプチ・ブルジョワである作家がプロレタリアの側に立つという自らの思想的立場のことであって、プロレタリア文学の理論とか方法そのものの問題を論じているのではない。だが、重視しておきたいのは、この時期、高見はプロレタリア階級の立場というものを明確に意識しながら文学活動を進めていこうと考えていたことであり、とりわけ、そのことをインテリの役割と見なしていたということである。

2　プロレタリア文学の作品群

わが国の現代文学史のなかにプロレタリア文学の時代と思われる時期が存在したように、高見順の文学にもプロレタリア文学の時代が存在した。高見のそれは、昭和三年から七年にかけての時期であった。それを、あらためて概観しておこう。

昭和三年二月（大学二年生のとき）、東大のなかのさまざまな左翼系同人誌を結集して「左翼芸術連盟」が結成され、五月にはその機関誌『左翼芸術』が発行された。彼が『秋から秋まで』を発表したのはこの機関誌であった。「三・一五事件」から一〇日後の三月二十五日、「全日本無産者芸術連盟」（ナップ）が結成されると、この「左翼芸術連盟」も「ナップ」のなかに吸収される。翌四年二月には「日本プロレタリア作家同盟」（ナルプ）が結成され、彼はこのナルプの活動に参加する。この間、大学内ではさまざまな同人誌が、メンバーやタイトルを変えながら発行され続ける。たとえば、昭和三年七月には『大学左派』が創刊され、四年十月にはそれが『十月』と『時代文化』とに変わっていく。

昭和五年三月に大学を卒業した高見は、研究社の英和辞典編纂の臨時職員をしながら、七月には同人誌『集団』を創刊する。『集団』はプロレタリア文学の創造を目指す同人誌だった。そのことは、『集団』の傾向に就いて』（昭和五年十二月）のなかで、「『集団』は真実のプロレタリア文学建設の方向――現実に於いてはナップの方向を自らの方向とする。これが基本だ」と、はっきり語られている。

周知のように、「ナップ」には『戦旗』という機関誌があった。しかし、高見には『戦旗』に掲載された作品はない。『戦旗』の基準からすれば、彼の作品はまだ本格的なプロレタリア文学としては認められていなかったということかもしれない。だが、同人誌『集団』の基本方針は、引用した通りプロレタリア文学を目指すものであった。

そして、この時期の高見をさらに詳細に見ると、『大学左派』や『時代文化』の前半期と、『集団』や『プロレタリア文学』（昭和七年一月に創刊された「日本プロレタリア作家同盟」の機関誌）の後半期に分けることができるように思われる。

概して言えば、『大学左派』や『時代文化』の時期の短編は、社会の階級的問題についての関心と実際の運動への参加のテーマが中心であり、『集団』や『プロレタリア文学』の時期の作品は、労働組合の争議や、逮捕・投獄された活動家のエピソードが中心となっている。

たとえば、『大学左派』に発表された『植木屋と廃兵』という短編がある（昭和三年七月）。かつて戦友だったふたりの男が、ひとりは植木屋をやっていて、跡継ぎ息子も立派に成長している。もうひとりは戦争で受けた負傷を引きずったまま、いまでは乞食同然の暮らしをしている。あるときふたりは偶然出会い、互いに現在の生活を語り合う。明らかに生活が安定している植木屋（甚吉）に向かって、すっかり落魄した廃兵（西澤）が、こんなふうに社会の変化を語っている。

「わし等はこれで世の中の下積み丈けに、のう……わし等の上に厚くのしかかって居るものを、ぺしゃんと潰されねえで、じっと、こう、持ちこたえている訳で、だんだんとわし等の力はのう、強く成って行くのでな……」（中略）「一年、一年と判然と私の眼には、今迄首を垂れて黙々と動いていた労働者がのう……昂然と、こう、しゃんとな、頭を挙げて行くのが見えて来た……」（傍点原文のまま）

いままで社会のなかで下積みのくらしをしていた労働者が、しだいにその力を蓄え強くなっていく姿を描き出そうとしている。社会の階級的な構造が作中人物にも少しずつ見えてくるのである。それがなぜ「植木屋」と「廃兵」という人物設定でなければならないのか、ふたりの人物の組み合わせに作品構成の妙があるとも思われないのであるが、それはともかくとして、作者がこの短編のなかで言おうとしていることは極めてはっきりしている。引用した科白に表現されているような、いわゆる下層社会の人々の新しい力とその自覚ということなのである。

『植木屋と廃兵』におけるふたりの人物の対照的な設定は、『用造のはなしと吉造のはなし』（『大学左派』昭和三年九月）でも特徴的に見られる小説構成である。

物語はある鋳物工場の労働争議でのエピソードである。用造は、労働争議の動静を探るスパイとしてこの工場にもぐり込んでいる。一方、用造の実の弟である吉造は、この工場で働く活動的な労働者である。ある日、用造の連絡によってスト破りの連中が導入されて騒動が持ち上がるが、結局、労働者の側が勝利する。用造は最後に、自分のやっていることが間違いであったと反省し、弟の吉造に長い手紙を置いて、いずこともなく去っていく。そのカタカナまじりの手紙にはこんなことが書かれている。


でもわしはロードー者のミカタになんなきやいけネエ、吉造のミカタになんなきやいけネエ、いままでわしをだまくらかしてたやろおにかたきうたなきやいけネエ、くみ合いってなんでもしてロードー者のミカタになりてエが、イヌのわしはとてもゆけネエ、どうしたらミカタになれるんだろお。（白点原文のまま）

金もうけのためにスパイの役目を引き受けていた用造は、会社の実態と労働者側の主張を見聞しているうちに、労働者たちの言い分が正しいことを理解する。そして、「ロードー者のミカタになろう」とする。

二つの作品を見ただけでも、廃兵の西澤やスパイの用造に象徴されるように、社会における労働者階級の存在と、彼らの立場や主張の正しさを発見するという共通のテーマが描かれていることがわかる。初期高見文学の特徴は、社会が階級的な対立をはらんでいること、そのなかでどのような立場を取るべきなのかを描くことにあると言うことができる。

昭和六年になると小説のテーマはさらに先鋭化して、左翼運動で逮捕された者たちの様子が具体的に描かれることになる。たとえば、『三・一五犠牲者』（『集団』昭和六年三月）では、「三・一五事件」で検挙されたふたりの人物について語られている。一つは同志Tの話で、身体を相当に痛めつけられながらも、がんばり通して釈放された経緯が本人の口から語られる。いま一つは、そのTを見舞った仲間が語り伝える、同志Kが留置場から逃亡に成功した話である。

再び澁川驍の巻末解説によれば、「この期の高見の作品は、アジ・プロ小説が多く、パターンが決りすぎていて、変化に乏しい」ということになるが、なるほど『三・一五犠牲者』の物語は検挙、留置場生活、釈放、留置場からの逃亡といった内容で、この時期のプロレタリア文学の作品にはおなじみのものかもしれない。しかし、高見順の文学的世界においては、こうした作品は、官憲との闘いを具体的に描いていて、プロレタリア文学の一つのタイプをつくり出す試みとなっているのはたしかである。

『反対派』（『プロレタリア文学』昭和七年五月）では、S鉄工所における労働者たちの闘争方針をめぐる闘いが描かれている。この工場の組合は、総同盟系のK鉄工組合が実権を握っていて、組合の幹部が会社側と通じているような、いわゆるダラ幹に支配されている。他方では、もっと労働者の真の要求を実現しようとする「反対派」のグループが存在する。いろいろな取り組みがあって、緊急の組合総会が開催されることになり、「反対派」の主張が優勢となるところで小説は終わっている。このような労働者の闘いの一側面を描く小説は、高見文学のなかでは、最もプロレタリア文学らしい作品となっていることは間違いない。

山田清三郎は『プロレタリア文学史』（一九五四）のなかで、この『反対派』を他の何人かの作家たちの作品といっしょに取り上げ、「この時期において作家たちが、いかに情勢と、革命的プロレタリアートの当面の課題に、各自作品活動を適応させ、あらそって『立遅れ』まいことを期したかがわかる」と、その努力を評価している。他方では、「大衆のふかい感動をよびおこすようなものは、ほとんどなかった」とも書いていて、それらの作品があまり読まれなかった事実も指摘している。なぜあまり読まれなかったのかは、高見個人の事情というよりはこの時期のプロレタリア文学全体の問題なので、ここではこれ以上触れないことにしたい。

たしかに、工場や企業における労働者の闘いを詳細に生き生きと描こうとすればするほど、労働者としての実際の体験を持たない「インテリ作家」にとっては、さまざまな工夫が必要となるはずである。作家にとってそれは決して容易なことではない。そのことは、未発表に終わった「まぼろしの作品」とでも言うべき次のエピソードを見ても理解されるだろう。

3　まぼろしの作品

高見のプロレタリア文学時代で『全集』に収録されている最後の作品は『反対派』であるが、実は、そのあとに『起伏』という作品が書かれていた。この短編は、後述のような経過があって発表されなかったが、戦後になってその下書き原稿が『混濁の浪』（一九七八）のなかに復刻され収録されている。「まぼろしの作品」である『起伏』は、高見の表現を借りれば、「五・一五ファッショ事件が、工場労働者に如何に邪悪な影響を与えたか」を描いた作品である。つまり、「大衆的闘争たるべき〔労働組合の〕闘争を個人的テロ戦術謳歌へと歪め導いた」（『作品審査および批評に就いて』昭和七年十月）ことを描こうとした小説なのであるが、作品のテーマとなっているのは、前作『反対派』と同じように労働組合における対立――会社に協力的な総同盟とそれに反対する「革命的反対派」（革反）――の様相である。

陸軍省指定の軍需品工場である「O電気工業会社」は、多くの臨時工（見習工）を使っている。この会社ではいま二つの問題が持ち上がっている。一つは工場の管理強化のために見習工たちに機械工作法の試験を課して、労働者を選別しようとしていることである。いま一つは、ある部門で一割の賃金カットが提案されたことである。総同盟は、会社側の方針に追随するだけであり、一方労働者のなかには

「五・一五事件」（昭和七年五月十五日、海軍将校の一部がクーデターを起こし、犬養毅首相を射殺した事件）の影響を受けて「テロだ！」と叫んで、上司に暴力を加える者も出てくる。会社と総同盟の幹部は、協力して「革反」のメンバーの摘発に乗り出す……といった具合に、工場のなかでの労働者や労働組合の確執が描かれている。

この作品が『プロレタリア文学』誌編集部から掲載を断られて返却された理由について、高見は上記の論評のなかで、「生産場面が具体的に描かれてない為、小説全体が観念的に成っている」と指摘されたと書いている。これだけの短いコメントだったのか、あるいはもっと詳しい説明があったのかは詳らかではないが、高見がそれに対して述べている不満、すなわち「我々の審査は帝展みたいにフルイにかけて撫で切りにするのが能ではなく、個々の作家を育て上げ伸びさせる為にする所の批判的審査」でなければならない、「ひとつの作品に何から何まで要求する愚劣極まる公式主義と共に、この誤れる政治主義的偏向には作家は断固として反対せねばならぬ」（傍点原文のまま）と述べているその不満を見ると、よほど編集部のコメントに憤懣やるかたないものがあったようだ。

たしかにこの作品には欠点も目につく。たとえば、「五・一五事件」の軍部のテロがなぜ労働者の運動にテロ戦術の雰囲気をつくり出したのかという肝腎の問題がよく理解できないし、首切りや賃下げに反対する闘いでの見習工と本工との立場の違いもはっきりしない。さらには、「革命的反対派」は見習工に対して実施されようとしている技能試験にどのような態度・方針を取るのか、賃金カット反対の闘いをどのように進めようとしているのかなど、いくつかの基本的な問題があるように思われる。そうしたことから「小説全体が観念的に成っている」という批判がもたらされたと言えなくもない。しかし、総同盟の幹部と「革反」との日常的な対立の様子は、前作『反対派』以上によく描かれているし、「革反」がピクニックを組織して仲間を増やそうとしている様子なども具体的でわかりやすい。

こうした組合運動の実状については、作者自身の地区オルグとしての活動が下敷きになっているのは間違いないだろう。しかし、実際に労働者として組合活動に参加していない作者の限界というものも自ずから見えてくる。かつて小田切進は、プロレタリア文学の四つの系統を挙げ、高見順や武田麟太郎などのタイプを「アヴァンギャルド的なインテリゲンチャ作家」と指摘したが（『昭和文学の成立』）、まさに高見順が「インテリゲンチャ作家」として描いたのは、ある工場内での労働者や労働組合のあいだに存在した対立の様相だけであって、プロレタリアートの運動が、全体としてどのような方向に進もうとしているのかを見定めようとするものではなかった。総じて言えることは、「インテリゲンチャ作家」としての役割は、「生産場面を具体的に描く」ことよりも、労働者の状況について、どれだけ大局的に見ることができるかということではなかっただろうか。

4 『日暦』による再出発

昭和七年から八年にかけて、高見は検挙・拘留されて、物理的に執筆活動ができない時期がしばらく続いたのであるが、昭和八年後半には、それまでとはまったく違った作品によって再登場する。発表の場も、それまでのメンバーとは異なる同人誌『日暦』が舞台だった。

『日暦』とはどのような雑誌だったのか。『昭和文学盛衰史』（昭和三十三年）のなかでは、こんなふうに回想されている。

> 『日暦』の場合は（中略）「昔からの仲間」だけの少人数でやろうということになった。気心の知れた仲間だけが集まって本気になって自分たちの「新しい道を開こう」、新しくやり直す気持ちで自分のほんとうに書きたい小説を書こうということなのであった。『大学左派』『十月』『集団』、そして私の一方で関係していた『左翼芸術』『時代文化』――これらの雑誌を通して、さらに作家同盟の関係からもいろいろ友人ができていて、その友人たちにソッポを向くような形で『日暦』をやるというのは、私としては心苦しいのであったが、本気で小説をやろうという場合の友だちというと、やはり「昔からの仲間」ということになったのである。

『日暦』の創刊は昭和八年九月のことである。その創刊号に高見は『感傷』という短編を書いたのだった。『感傷』は、「新しくやり直す気持ちで自分のほんとうに書きたい小説を書こう」としたその第一歩であり、プロレタリア文学からの最終的な訣別を意味するものであった。

第二章　時間の落差

——『故旧忘れ得べき』——

1　『感傷』と『世相』

『感傷』は、それが執筆された時期から言っても、その内容から見ても、プロレタリア文学からの転期を画す位置にあることは間違いない。しかし、小説作品として見た場合、未成熟なものであることは否めない。

この短編について書こうとすれば、何よりも平野謙が昭和十二年に書いた『高見順論』（『現代の作家』所収）について触れないわけにはいかない。高見と同年生まれの平野は、若い情熱を傾けて、昭和八年から十二年までの高見の短編小説群を詳細に論じている。

平野によれば、『感傷』はその後の高見文学を決定づけるほど重要な意味を持つというのである。「『感傷』以前の短かからぬ文学的閲歴にもかかわらず、今日の高見順を構成する出発点として『感傷』こそただしく処女作に該当すべき作品だろう。（中略）極言すれば、『感傷』は微弱な一個性が漠然と困憊した精神のうちに、小心翼々として手探りで書いたかりそめの作品にほかならない。しかも、そのような文字どおり偶成の作が、その後の作家的発展をほとんど身じろぎもできない程度に縛りつけてしまったのだ」。さらに平野は、この時期の高見文学を三つの傾向に分類しながら、『感傷』が出発点として持つ意味を強調して、次のように書いている。「第一は『感傷』から『起承転々』を経て『虚実』にいたる道である。第二は『感傷』から『私生児』を経て『人の世』にいたる道である。第三は『感傷』から『晴れない日』を経て『外資会社』にいたる道である」。

見られる通り、『感傷』こそが高見順の文学的な出発点であり、起点であるということになる。しかし、『感傷』とはそれほどに重要な意味を持った作品なのだろうか。平野は『感傷』を「小心翼々として手探りで書いたかりそめの作品」であると言う。この印象批評的な評言を、本書なりにもっと詳しく言いかえれば、こういうことになるだろう。

高見順は、昭和三年から七年にかけて、いわゆるプロレタリア文学的作品を二〇篇以上書いてきた。しかし、昭和七年末に検挙されてから、八年初めに釈放されて、同人誌『日暦』の創刊（昭和八年九月）に参加するまで、一年以上にわたって作品を書くことができなかった。もはやプロレタリア文学に戻ることはできない。しかし、それに代わる新しい文学はまだ自分のなかに発見されてはいない。場合によれば、文学の道を断念するということもまったくないわけではない。もしいま書くとすれば、検挙・拘留のあいだに起きた妻の裏切りと、ついに訪れた離別という屈辱の体験（妻に逃げられた男）以外に何もない。こうして、小説としての構成も文体も未成熟なままの私小説的告白が書き綴られたのである。これが「手探りで書いたかりそめの作品」の実態である。だが、このような「偶成の作」を、その後に続く文学作品群の「出発点」と位置づけることができるかどうか。

『感傷』は妻に去られた男の絶望的な姿を描いた短編であるが、その絶望的な姿は、読者にとって、いささか戯画的と思えるほどに誇張されて描かれている。たとえば、

ややあって私の全身からわッと号泣が迸り出た。幸い深夜であり、誰もいないからして、私は思う存分泣くことができた。一応泣きやむとまるで小さい生物でも探すみたいに、台所といわず、便所といわず、押入れといわず、あらゆる空間に頭を突き込み、家の隅々を狂気のように駆け廻って、女房の名を呼び続けた。

悲しさなのか淋しさなのか、あるいは悔しさなのか未練なのか、号泣しながら妻の名前を呼び続ける主人公の姿は、醜態であるというよりは戯画的である。小説作品としては、どう見ても幼稚な出来とし

か言いようがないが、高見順は、このように自分の姿を徹底的に戯画化して描出することによって、何とか自己の客観化を図ろうとしてもがいているのであり、自己の客観化を通して作家としての立場を確立したいと願っているのである。作家は、小説を書くことによってしか作家となることはできない。もがき、苦しみながら小説を書くところに、高見順の作家としてのしたたかさがすでに表れているとも言える。

もし、『感傷』に「出発点」としての意味があるとすれば、それは、もがき苦しむ自己を客観化することによって、プロレタリア文学に代わる新しい文学の確立を目指す、ということであっただろう。『感傷』からおよそ半年の空白をおいて発表された作品が『世相』（昭和九年一月）である。この短編こそ、実は、作中人物の描き方や扱われているテーマから見て、その後の高見文学の方向を決定づける原点と目されるものなのである。

主人公の佐武は、いまは三流の経済雑誌社に勤める平凡なサラリーマンであるが、以前は左翼運動に参加し、検挙・拘留をくらった経験の持ち主である。いわゆる「左翼くずれ」の友人たちとはいまでも付き合いがある。彼は妻に逃げられたあと、浅草のレヴューの踊り子に夢中になっている。「浅草の街は市民的でいいなァ、気取りがなくて、イキイキしているじゃないか」と言う佐武は、のちの長編『如何なる星の下に』（昭和十四年）の主人公倉橋を思わせる人物類型がすでに登場していることを示している（第三章参照）。

何と言っても『感傷』との大きな違いは、別れた妻道子の描き方であろう。『世相』では、佐武と並んで、道子はもうひとりの主人公とでも言うべき存在であり、道子の立場から、結婚から離別にいたる経緯が語られている。『感傷』においては一方的に「逃げ去った妻」としか扱われなかったものが、『世相』では、自分の主張を持った、完全に独立した女性として登場している。このような女性像は『秋から秋まで』の主人公英子と共通するところがあり、前章で触れたように、高見文学に表れる典型的な女性像の一つである。

このように見てくると、『世相』こそが、これ以降の高見文学の起点としての意味を帯びていると見なすことができるように思われる。そこで、『世相』から浮かび上がってくる物語の基本構造を整理してみよう。

第一に主人公の育った家庭環境である。母ひとり子ひとりの私生児としての生活が主人公の性格形成に少なからぬ影響を及ぼしており、それはまた、母と子の微妙な感情の交差を生むことになる。高見文学における私生児のテーマがこの小説のなかに初めて表れたのである。

第二に主人公の結婚生活は三年ほどのあいだで破綻し、妻は別の男のもとへ去っていく。その原因はいくつかあるが、妻の方に自立心が強く夫に飽き足らないものがあるからだ。また、妻と姑の相容れない関係もある。

第三に妻に去られた主人公はやがて浅草の踊り子と付き合うことになるが、しかし、もとの妻に対する想いも完全に断ち切られたわけではない。主人公の男性としての優柔不断な性格が特徴的に表れている。

第四に主人公の思想運動の経験である。いまの主人公はしがないサラリーマンであるが、かつて学生時代には左翼グループに加わり、検挙され拘留された経験もあり、その頃の仲間は「左翼くずれ」と呼ばれて、いまでも付き合いがある。

『世相』のなかに表れているこれらのテーマは、第一章で触れた高見文学の四つの祖型と重なり合いながら、それをさらに発展させたものと言うことができる。

ところで、高見順はのちの創作談などで最初の長編小説『故旧忘れ得べき』について語るとき、どういうわけか、『感傷』には触れるけれども『世相』が欠落されることが多い。たとえば、

私は〔『日暦』の〕創刊号に短い随筆『感傷』（編輯当番の古我菊治がこれは小説としていいと、作者に断りなしで小説欄に組んだが）を書いたきり、その後一年何も書かなかった。小説が書けないのだった。書けなくて不幸だったというより、不幸のために小説が書けなかった。真暗な想いの中に沈みこんで、小説どころではないのだった。（『『故旧忘れ得べき』の頃』昭和二十六年）

「その後一年何も書かなかった」と言われている時期に、実際には『世相』が書かれ、『空の下』（昭

和九年六月）という短編も執筆されていたのであるが、高見の記憶のなかでは、『感傷』がよほど強く残存していたらしい。だが、小説作品としては、その後の高見文学の実質的な原点となるという意味で、やはり『世相』を見逃すわけにはいかないように思われる。

2　最初の長編小説

高見順は、昭和十年に入ると、堰を切ったように長編の連載を開始する。一月から七月にかけて、同人誌『日暦』の第七号から第十一号に発表した『故旧忘れ得べき』（以下『故旧』と略記）である。雑誌の五号にわたって長編小説の第一章から八章までを掲載するというハイペースの執筆であった。

自己や自己の作品について能弁な高見順は、なかでも『故旧』についてさまざまに語っている。それらをよく見ると、戦前のほぼ同時期に書かれたものと、戦後になって懐旧的に書かれたものとがあり、その二種類の語りには自ずと調子の相違が表れていることがわかる。

たとえば、戦前に書かれた『『故旧忘れ得べき』覚書き』（昭和十一年十月）では、書き続けることがどれだけ苦痛であったか、出来映えにどんなに不満であったかが次のように強調されている。

書きつづけることの苦しさといったら無かった。（中略）号が進むごとに筆力が萎え衰え、老衰病で息が絶えたみたいに、とうとう九月号で私は打ち死にをして了った。（中略）それにしても『故旧忘れ得べき』ほど作者に憎まれ蔑まれた作品を、いわゆる出世作として生涯持ち運ばねばならぬ作者の不幸は、なんとしたことだろう。

補足的に言えば、ここではとりわけ、『日暦』に連載したあと、『人民文庫』にその続きを執筆したことに対する後悔の念が前面に出ているのである。

ところが、戦後になって書かれた『わが処女作について』（昭和二十三年三月）では、自分の作品がずいぶん客観的に扱われている。すなわち、

『故旧』の前に私はいろいろと小説を書いているので、『故旧』を私の処女作とすることはできないのだが、それ以前の十年間の小説は手習いであり、私の処女作はまず『故旧』であろうと考えている。（中略）『故旧』は私はやけくその気持ちで書いたといったが、筆を取るに際しては私なりの野心がないでもなかった。現代小説を書こうという野心である。小説の現代性を私は十九世紀的客観小説への懐疑のうちに考えた。

この「現代小説」ということばは、高見が戦後になってから用いているものであってのちに都合よく

付け加えられたものではないかと思われるかもしれないが、決してそうではない。『故旧』とほぼ同時期に発表された評論『描写のうしろに寝ていられない』（昭和十一年五月）のなかで、「十九世紀的な客観小説の伝統なり約束なりへの不満」についてくり返し述べられており、これまでとは違った新しい小説を「現代小説」として展望していることが明白だからである。

　中村真一郎がその『戦後文学の回想』のなかで、「『故旧忘れ得べき』が、私たちにとっては、ほとんど最初のわが国における二十世紀小説の実現だった」と書き、それを詳述して、「二十世紀小説の特徴のひとつは、作中人物の人格の単一性の破壊であり、（中略）現に、マルクス主義運動崩壊直後の、都会の知識人たちの頽廃は、多くのドストエフスキー的人物を、わが国において生んでいた。高見氏はそうした現実を、恐らく自らその人物たちのひとりとして経験し、それを『故旧忘れ得べき』に造形した」と書いているが、この説明には、高見の『描写のうしろに寝ていられない』が意識されているかもしれない。中村がここで挙げているのは、ドストエフスキー的人物に代表される「作中人物の人格の単一性の破壊」だけであるが、一般的にジェイムズ・ジョイスやマルセル・プルーストに代表される「現代小説」の特徴とは、作中人物の不確定性、無意識的記憶などに示される時間観念の錯綜、内的独白などの物語の語りの複雑性、といったさまざまな要素を含んでいる。これらの二十世紀小説の特徴には、その根底に、不分明で捉えどころのない現実と不安定な人間との関係という、二十世紀特有の現象が介在しているのは言うまでもない。

高見順が「現代小説」という表現にどれだけのことを含意しようとしたかは必ずしも明確ではないが、ただ言えることは、「人格の単一性の破壊」、あるいは「人格の統一の崩壊」はこの時代の「転向」と密接に関係しているということであり、さらには、人格や思想の変貌は、二十世紀小説のもう一つの特徴である時間性の問題とも関係しているということである。

3　美化される過去

『故旧』は、複数の登場人物を等しく主人公のように扱いながら、時代の急激な変化というものを作品のなかに反映させようとした長編である。

この長編では、前節で見たような『感傷』や『世相』とはかなり違った家庭環境が設定されており、たとえば主人公のひとり小関健児は妻や母親と穏やかな家庭生活を送っているし、また、学生時代に左翼の思想研究会に参加したことはあったとしても、検挙されるといった経験は持ってはいない。出版社に勤める安サラリーマンの小関は、「女房に逃げられた男」とはまったく違って、妻はごく平凡な家庭的な女性で、妊娠中であり、母親を含めた三人の家庭生活はまずは平穏に過ぎている。小心で、人の目ばかりを気にしている性格は学生時代もいまも変わらないが、しかし、学生時代と現在の生活との時間の落差は大きい。この「時間の落差」こそ、『故旧』の最も主要なテーマなのである。第一節にはこんな表現がある。

希望があってこそ夢想は楽しい。しかし彼の現在には何の夢があり希望があろうか。しがない勤めに味気ない家庭。何を目当てに一体生きているのだろう。なんのための生活か。そう思うと、今はとめどなく涙も出て来てしまうのである。——楽しかったのは学生時代だけである。あの時分には夢があった。

これほど対照的な過去と現在もないと思われるほど、作者は、学生時代と現在のサラリーマン生活との違いを誇張して描いている。なぜこれほどまでに過去との落差が強調されるのか。その背景には時代の変化ということがある。

この小説では、主人公たちが旧制高校や大学で過していた過去が回想され、卒業後それぞれが仕事に就いてから数年が過ぎた現在の物語が進行している。小説のなかで年号が明示されているわけではないが、一高の「社会思想研究会」に対する解散命令、「三・一五事件」などの歴史的事実から特定すると、過去は大正末から昭和の初め、現在は昭和八年頃と見なすことができる。およそ一〇年ぐらいのあいだに、時代はどのように変わったのか、あるいは変わったと作中人物たちが意識しているのか。

作中人物たちはみな一高の同窓生であり、左翼思想にかぶれた当時のインテリである。主人公のひとり小関の現在は、たとえば、床屋に行って、四〇銭のところを五〇銭銀貨を渡して釣り銭はいらないよ、と言うような虚栄心を持ちながら、内心では一〇銭損をしたと悔やむ、いかにもしみったれた生活である。現在がしみったれたものであればあるほど、過去は美化され、虚飾される。しかも、虚飾されるのは、左翼思想を奉じ、学内の左翼組織の一員であったということなのだ。それが虚飾であるというのは、自分の過去を振り返りながら、いかにも誇らしげにそのことを吹聴するからである。小関は妻の豊美に向かって、こんなふうに語る。

実はその名に値しない怯懦な存在ではあったのだが、俺だって憚りながら勇敢なマルキストだったんだぞとは、よく妻の豊美に言うところで、まあといった感嘆詞を期待する顔である。あの時分みんながなんと美しい純粋な心を持っていたことだろうと彼は稍感傷的な面持ちで言う。人間の心の清い半面だけでみんながしっかりと手を握り合っていた時代だ、自分はない、あるのは理想だけだ、俺の生涯に二度と再びあんな崇高な人間的な結び合いに出会い得る日があるだろうか、ああ。

高見の文章特有の、戯画的に誇張された表現だとはいえ、過去が美しいのは、「美しい純粋な心」で「みんながしっかりと手を握り合っていた」時代だったからであり、「理想だけ」を追求するような、「崇高な人間的な結び合い」があったからである。ここには、昭和初期の学生たちの典型的な青春群像を見ることができる。
過去に対する誇張された美化は他の作中人物にも見られる。かつて柔道部の部員だった松下長造は、社会思想研究会への解散命令に反対する集会で、監視に来ていた生徒監を追い出すという離れ業を演じた男であるが、彼はいまは保険会社のしがない外交員をしている。彼の妻が母親を引き取っていっしょに暮らそうと言うのを拒絶するための口実として用いられているのは、学生時代の虚像なのである。

自分は輝けるマルクス主義者である、自分は大学にいた時分、実行運動に従っている同志を養い、かくまう等恐るべき危険に身をさらしていた。（中略）母親を取るか、同志を取るか、答えは明瞭である。——松下のほんとを知っている人が傍で聞いたならば、失笑を抑えるのに大層苦しんだに違いない……

「失笑を抑える」のが難しいほどに、ここでは、かつてのマルクス主義者ということを逆手に取って、現在の生活に利用しているのであるが、いずれにしても、それぞれの作中人物について、過去と現在との対照が極めて意識的に描かれていることがわかる。それほど過去と現在の落差は大きいのであるが、この落差はいったいなぜ生じるのだろうか。
主人公たちが学生時代に左翼思想や運動に与《くみ》したということが意味しているのは、それが美化され理想化されているように、時代としてはまだそれほど苛酷な弾圧のない頃であって、左翼思想は「当時の青年層を誰彼の区別なく熱病のように襲った左傾現象」であり、「マルクス主義者でなければ人に非ず」といった時代風潮だったということである。

念のために言っておけば、このような過去と現在との対照における過去とは、決して遠い過去ではない。むしろ、あっと言う間の時代の逆転と言えるほど、一気に時代が変わってしまったということなのである。そうした例を、この時期に書かれた別の作品から取り出してみよう。

『寒い路』は、昭和十二年一月号の『文学界』に発表された短編であるが、主人公の「私」は母子家庭の子で、母親といっしょにさるお屋敷にお手伝いとして住み込んでいる。そこには「お屋敷の坊ッちやま」がいて、その影響を受けて「私」も左翼運動に関わることになった。その「坊ッちやま」と「私」の過去と現在の立場の逆転が、この作品では見事に描き出されている。

思想が私たちの間を風靡していた時は少しく事情が違っていた。私が、学歴のない貧困の出であるということが、私に却って「特権」のようなものを与えていた。たとえば「お屋敷の坊っちやま」には無くて、私には有るとせられる「誇り」の如きものを私に与えていた。だが、思想の退潮とともに、そんな「特権」や「誇り」は煙のごとく消えて、恰かも私に一時でもそんなものを与えたことに対して、激しく復讐するみたいな形で、世間は私に向かって牙を剥いた。

「思想が風靡していた時代」とは、言うまでもなく左翼思想や左翼運動が盛んだった頃のことであり、その時代には、貧困階層の出身者の方がむしろその運動に相応しいものと見なされていた。作者はそれを「特権」とか「誇り」ということばで象徴的に示している。そして、「思想の退潮」がなぜ、どのように起こったのかについて、ここでは作者はまったく触れてはいないのだが（それについては別に歴史的な説明が必要であろう）、はっきりしていることは、左翼思想や運動が広く容認された時代と、それが厳しく弾圧された時代とが急激に交代したということであり、それによって社会的な立場も逆転したということである。

この「思想の退潮」ということは、『故旧』ではもっと比喩的に語られている。主人公小関は、妻に対してこんなふうに語っている。

みんな一生懸命だったんだけど、ボートはとうとうひっくりかえってしまったのだ、みんなは海の底に沈んでしまった。――獄に囚われた同志の顔を彼は思い出し、この様にノホホンとしていられる己れをすまなく感じた。（中略）既に当局の追及が峻厳を極め、虚栄のような感情ではついて行けないほどになっていたからであった。

およそ一〇年ばかりのあいだの時間の落差は大きいのである。時間の落差とは、あるときを境にして、

「獄に囚われた」者と「ノホホンとして」生きている者とが峻別されたという事実であり、それ以前と以後の差異を強く意識し、そうした差異を主として時間のせいにすることである。つまり、ボートはひっくり返ってしまい、それ以後、「虚栄のような感情」は、時間によって振り落とされるということなのだ。

ところで、時間の落差は、その後の社会に現れた身分の格差によってさらに増幅される。この長編では、主人公小関とは高等学校の友人であり、いまも付き合っている何人かの人物たちが、まるで複数の主人公のように登場している。そのうちのひとりで、いまは大学病院で医師をしている橘という友人を小関が訪ねる場面がある。

小関は同じ年輩、同じコースでありながら自分は浮かぶ瀬もない安月給取りで将来の望みなどまるでない味気ない日常なのに、橘はもう一かどの医師で前途も洋々としてひらけている、そして明るく血色のいい顔付で自分などには薩張り分らぬ流暢な独逸語を口にしている、その隔絶のみじめさを若干ヤケな眼付きで見ているうちに、……（以下略）

こうして、この小説では、最初から時間の落差と並行して社会的地位の隔絶が強調されている。たとえば、かつての同級生のなかには、現在それなりの社会的地位についていて、「俗世的栄達」を遂げた者もいるのであるが（作中では、Ｓ県の特高課長とかＹ県の社会教育課長といった例が挙げられているのが皮肉である）、このような現状に対して「長大息」する友人たちも存在する。そんな友人のひとり篠原は、沢村という友人の自殺について、こんな感想を抱く場面がある。

沢村も亦この長大息から免れることができなかったに相違ないと篠原は彼流に推断したのだ。足並が遅れたのならまだしも、もはや取りかえしのつかないことになっている自分を沢村は顧み、生涯どんなにあがいても自分はもう駄目だという絶望が彼を殺したのだと篠原は忽ちピンと感じたのであった。

沢村が自殺した本当の理由は明確なわけではない。だが、「自分はもう駄目だ」という「隔絶のみじめさ」は、主人公小関も共有していることはすでに述べた通りである。

順序が逆になったが、ここで沢村の自殺について少し説明を加えておこう。『故旧』の続編ともいうべき第八節の後半から第九、十節にかけての部分は、およそ半年間の空白をおいて、こんどは『人民文庫』に連載された。その第九節の冒頭でいきなり、主人公小関が、沢村の自殺とその追悼会の知らせを受け取る場面がある。そして、第十節（最終節）では、追悼会の席上、故人の経歴が詳しく紹介されるとともに、出席者各人の追想が次々に披露される。多くの者は沢村の死を、「反動期における行き詰まったインテリゲンチャの苦悶の象徴」と位置づけたが、ひとり篠原だけは、沢村が「精神的にも生活的にも全く暗澹とした日々をおくっていた時、その時、彼が自殺せず、生活に少しく目鼻がついてきた時になって自殺した」理由について、こんなふうに考える。

「生活」が安定するとともに、彼は「生活」と戦って行く彼を失った。もとの彼は死んで、新しい彼が生まれてきた。「思想」の彼はもう消え失せて、卑しい「生活」の彼が、周囲を見廻しはじめた。

思想運動に邁進していたときが美しい時期とすれば、運動から離れた現在の生活は「卑しい」のである。ここでも、左翼運動に参加していた時期と、自死にいたった時期との「時間の落差」が際立って描かれていることがわかる。

4　転向の扱われ方

ところで、いったいなぜこれほどまでに「時間の落差」という小説の構造にこだわるのかと言えば、それは『故旧』という作品に対する基本的な評価に関わるからである。この評価は、たいへん厄介な問題である「転向文学」に関係する。「転向文学」の問題が厄介なのは、転向の原因が昭和七、八年から十年代にかけての日本の政治状況に発し、左翼的な文学者たちの思想的、精神的な挫折や敗北を生み出し、それがさまざまなかたちで文学作品のなかに屈折して表現されたからである。しかも、「転向文学」は、文学者たち各人の個別の政治的、思想的な体験と密接に関連させなければ論じることができないという、いかにも日本的な私小説的特徴を持っているからである。

こうして、『故旧』を転向文学と位置づけたこれまでの論評もまた、まわりくどく、晦渋なものとなる。同時代の論評としては、たとえば武田麟太郎のものがある。武田は転向ということばこそ用いていないが、転向文学の特徴を遺憾なく説明している。長い引用になるが、当時の精神的風土がよく描かれている。「時代の先頭にいた敏感な青年たちの情熱は失われざるを得なかった当時、かかげ持っていた理想と希望の燈は他愛なく消えて、暗中に低迷しているのは、生命が若々しいだけに耐えられなかったろう。苦しまぎれにのたうち、のたうっていた。新しく支柱を探し求めるまでの、いやらしく形のくずれた恰好はまことに同情に値するものがあった。『故旧忘れ得べき』は、その時代の已むを得ない表現なのだ。作中人物の矛盾だらけの、しかも誇張された生活と心理は、あれで決して嘘を通過しているのではない。今日から想うと、奇怪千万な頽廃的な行為も、消極的な陥没への方向を指しているのではなく、言葉はおかしいが、健康な積極的な動機によっているのを、認めてやらねばなるまい」（『故旧忘れ得べき』解説）。

この懇切な批評を受けて、平野謙は「ほぼ『故旧忘れ得べき』の根本性格は浮かびあがってくる」と書き、「私自身としてもこれにつけくわえるべき蛇足をほとんど持ちあわせない。ただそれが当時の転向文学の一典型だったことをしるせばたる」（角川文庫版解説）と書いている。そして、この小説が転向文学たるゆえんについて、「小関、篠原、友成、松下らの諸人物が醜怪無慙な言動をくりひろげるこの長編は、単に自嘲の文学というだけではたりぬ、まさに自瀆の文学とも言うべきだろう。そして、それが憚るところなき自己冒瀆の精神につらぬかれていることこそ、よく転向文学の秀作たり得た所以であり、そこに自己再生の発條を眺めねばなるまい」としている。

この長編は、平野の難解な表現によれば、主人公たちが「醜怪無慙な言動をくりひろげる」小説なのであるが、そのような言動を取るのも、彼らが「自己冒瀆の精神につらぬかれている」からにほかならない。しかし、それをもって「転向文学の秀作」と位置づけるにはいささか論理の飛躍があるように思われる。つまり、平野の作品解釈には、高見順をはじめとする、その当時の少なからぬ作家たちの思想的転向という歴史的な経緯を知悉していなければ成立しえない要素が含まれているからだ。作者自身の実体験を介在させなければ作品解釈が成り立たないような私小説的批評はまったく無意味だとは言わないが、それがよりいっそう有効に作品理解に接近する方法であるかどうか、『故旧』を「転向文学の秀作」と見なす理由が十分説明されているようには思えない。

作品そのものから飛躍し、作者の実体験にもとづいて作品の位置づけをするもう一つの例に、本多秋五の『転向文学論』（一九五七）がある。本多は『故旧』について書いている。「中野〔重治〕や村山〔知義〕の転向における挫折が、真向からの、一八〇度の挫折であったとすれば、高見における挫折は、斜かいからの、九〇度位の挫折であって、この高見の作品（『故旧忘れ得べき』のこと）には、風俗描写の色彩が多いのであるが、それはそれとして、これは転向文学の最高峰の一つである」。

ここで述べられていることは、高見の転向による挫折が中野重治や村山知義の場合とは度合いが違っているということなのだが、そのこと自体には深入りせず、留意しておきたいのは、高見の転向が「斜かいからの九〇度位の挫折」であるがゆえに、『故旧』が「転向文学の最高峰の一つ」となっているという指摘である。この論理の展開の飛躍はほとんど平野謙と変わらないと言えよう。

簡単に言えば、平野や本多のような高見と同時代の批評家たちは、その時代の実体験を踏まえて作品を読み込んでいるということだ。作品そのものというよりは、その背景が念頭にあって作品が理解される。こうして、「転向文学の秀作」とか「転向文学の最高峰の一つ」といった評価が生まれる。

だが、この長編のなかで、作者が「転向」ということばをどのように用いているかを見ていくと、作者自身の転向の扱い方が感じ取られるように思われる。転向ということばは、篠原と沢村の場合の二箇所だけに用いられているのだが、このうち、篠原の場合には、いささか自嘲気味に「身も心も『転向』したやくざな自分だ」とか、自己紹介のときに「ルンペンですよ、（中略）今ではすっかり転向して、雑誌を出しています」などと通俗的に用いられて、思想上の問題として扱うことを故意に避けている。また、沢村の場合は、客観的事実として、一言で片づけられる。その場面を念のため示しておく。

彼〔沢村〕は健康を回復し気力の衰えから立ち直ると、やがて喫茶店〔彼が働いていた〕を出て、運動へ戻って行った。そして今度は捕えられると刑務所《ホンケ》へ廻された。——転向を誓って出てくることができ、行政裁判所の臨時雇を経て、競馬場に勤めるようになった。

それ以外の作中人物たちは「左翼くずれ」として登場しているのは、平野謙も指摘している通りである〔平野前出論文〕。「左翼くずれ」とは、思想的立場の変容をはっきりと「転向」として位置づけるのではなく、いわばなしくずし的な変貌に身をまかせることである。高見は、時代の空気の移り変わりといったものを鋭敏に捉えながら、時間の経緯とともになしくずし的に立場を変えていった主人公たちを克明に描いているのである。思想的変容をこのように位置づける高見の方法こそ「時間の落差」とでも言うよりほかはないように思われる。高見には、左翼運動そのものを総括する準備はまったくなかったし、また昭和十一年の時点で、実際それは不可能なことだった。「時間の落差」とは、時代の急速な変化と、それに対応する精神的、思想的変容を、時間を基軸にして説明しようとする小説構造にほかならない。

高見が転向の具体的な場面をフィクションとして描出したのは、戦後になって執筆した、文字通り『転向』〔昭和二十五年四月〕というタイトルの作品においてである。このなかでは、拷問に対する恐怖や、転向への逡巡、脱落者の烙印を押されることの覚悟、そして転向の手記を書くにいたる心理などが、詳細に生々しく綴られている。主人公が転向の手記を書くまでの過程には、刑事から見せられた「シンパで検挙された著名な作家であるＷ」の手記も影を落としている。その心理はこんなふうに描かれている。

抵抗と言えば、手記を書くこと自体にも抵抗があったのだが、嘘を承知の上、嘘を書いて行くうちに次第にその抵抗も消えて行った。今や彼は小説でも書くみたいな一種の忘我の状態で筆を走らせていた。あんなに彼の軽蔑したＷのあの手記に劣らぬ綿々たるものをいつしか彼もまた書いているのだった。

しかし、細密な心理描写以上に重要なのは、高見が自らの転向体験を客観的に捉えることができたのは、戦後になってからだということである。思えば、『故旧』以来かなりの年月を必要としたことになる。同じく『転向』のなかの一節。

彼は屈辱が自分の精神を折り曲げて行くのをじっと瞠つめながら、手記を書きつづけた。一枚一枚と手記ができあがるたびに、それだけ自分が無慙に拗じ曲がって行くのを寧ろ、ざまァ見ろといった嗜虐的な快さで打ち眺めていた。

この描写には、転向の手記を書き続ける自分、自己の行為がどんな意味を持っているのかを見つめている自分、そのことに自虐的になっている自分が複雑に同居している。

さらに、転向の問題が、高見のなかで明確なかたちで認識されるのは、転向が二段階、三段階の経緯を伴っていることが明らかになったときである。昭和十一年五月に「思想犯保護観察法」が公布され、いわゆる「思想犯」は「保護観察」の対象となったのだが、それはどういうことかが、『転向』のなかでこんなふうに説明されている。

転向の手記を書いて角見〔主人公の名前〕が釈放された頃は、実際運動から絶縁すれば一応転向したと見なされたものだったが、保護観察法が布かれてからは、その転向の解釈が厳重に成って、思想の放棄と清算ということが要求された。実際運動をもはやしないというだけでは、改悛の情明らかと見なされない。実践はしないが思想は依然抱いていると成ると、保護観察法によって再び鉄格子の中に曳き戻されるのである。

つまり、「実際運動」からの離脱というだけでは済まされず、左翼思想の放棄がなければ転向とは見なされないということであり、このことは「保護観察法」によって思想弾圧が第二の段階に入ったことを示していた。

ところが、さらなる三つ目の段階について、小説『転向』のなかにこんな描写がある。少し長いが、作者の客観的な転向論と見なすこともできるので引用しておく。

電車の中で角見はパンフレットを読んだ。書き手は今は日本主義に転向している旧左翼の作家で、その作家の名が表紙に印刷してあるパンフレットを保護司が角見に差し出した時、既にその名をちらりと見ただけでその内容もおおよそ、それと察しがついていたものだったが、ファシズム的日本主義への転向こそが真の転向であると言葉鋭く、まるで抜き身の日本刀を振り廻すみたいに書いているものを、改めて読んで行くうちに、角見はパンフレットを持った手が震え出すほどの憤ろしさを覚えずにはいられなかった。

日本主義に転向していない角見は、これによると、転向してないということに成るのである。

この「ファシズム的日本主義への転向」こそが新たな第三段階の転向にほかならない。このような転向は、昭和十六年三月に発表された林房雄の「転向に就いて」というパンフレットに表現されているもので、高見のなかでは戦後になって初めてそれとして明確に位置づけられたものなのである。

戦後になってからの位置づけという点で言えば、高見は、『昭和文学盛衰史』（以下『盛衰史』と略記）に「転向について」という一章を設け、そのなかで、有名な佐野・鍋山の転向声明に触れて、すでにこの声明のなかに第三段階の転向が胚胎していたと述べている。

転向の問題を考える場合にはどうしても振りかえらずにはいられない、その最大の事件とも言うべき佐野、鍋山の転向声明、あれはどういうのだったかと、その声明文を読みかえしてみた。（中略）転向の最後の段階〔第三段階のこと〕と私が書いたそれ、実はそれが、それこそが転向であるということが、すでにそこに明確に示されていたのである。

このあと高見は、鍋山貞親の戦後の文章にも触れているが、それはそれとして、高見が言いたかったのは、昭和八年の「佐野・鍋山転向声明」のなかに、すでに右翼的日本主義へいたる転向の芽が胚胎していたということであるが、これも戦後になってから気づいたことなのである。

しかし、転向問題は厄介で複雑である。『故旧』の執筆が準備されていた頃、非転向の宮本百合子は『冬を起す蕾』という評論を書き（昭和九年十二月）、そのなかで、転向を扱った作品には、「転向の過程」と「転向以後の思想傾向」とが明らかにされていないと批判したことはよく知られている。そのことに触れて高見は『盛衰史』のなかで、次のように書いている。

転向文学が転向の過程や転向後の思想傾向を曖昧にしか書いていないのは、転向文学としてだけではなく、文学そのものとしても、それは重大な弱点である。作品として、それでは駄目である。だが、それは書けなかったのだ。それを書けということは、転向作家にとって単なる文学批評という以上に、拷問者の怒声を連想させるのだった。

ここで「拷問者の怒声」と言っているのは、念のために付け加えると、「転向の過程を明らかにしろ、転向後の思想的傾向を明らかにしろというのは、それはいわゆる取締当局側に立つ恐るべき摘発者の言葉として転向作家の心臓を突いたのである。それはそのまま特高刑事、思想検事の言葉にほかならない」という意味である。

高見が戦後の時点で「それは書けなかった」と言い、「それを書けということは（……）拷問者の怒声」に近いと言っているのには、痛恨の思いが込められているように感じられる。そうした思いを込めて、戦後の短編『転向』には転向の過程が詳細に描かれたと言える。

5　短編と長編のあいだ

学生時代の仲間が自殺する物語は、短編『嗚呼いやなことだ』（昭和十一年六月）のなかで、いっそう凝縮されたかたちで描かれている。長編『故旧』の場合は、沢村の自殺は、物語の後半に唐突に付け加えられたという印象をぬぐえず、また、自殺者を偲ぶ追憶会に集まったかつての仲間たちのことばも、それまでの物語とほとんど関係なしに語られていて、読者は混乱するばかりであった。

それに反して、この短編の場合はテーマが明確に設定された、まとまった作品となっている。すなわち、かつて左翼運動に身を投じていたひとりの友人花輪恒雄の自殺をめぐって、他殺ではないかという疑問が持ち上がり、それに対するかつての仲間たちの反応が描かれている。主人公「私」の場合も、大学予科のとき富士山麓のY湖で彼と近づきになったエピソードが花輪を主軸にして語られるし、その後に左翼思想へと接近するのも花輪の影響であったことが示されている。

何よりも注目しておきたいのは、二つの作品における過去と現在との捉え方の違いである。『故旧』の場合は、ここまで詳述したように、基本的に「時間の落差」として描かれていた。だが、この短編においては、過去のことが小説としては破格な「註記」というかたちで取り扱われている。もっとも、この「註記」という不体裁は作者も承知していて、小説のなかで、こんなふうな断り書きが挿入されている。

そうした過去と現在とを塩梅よく織りなして行くかけひきの力が、私の脳からもはや失われているようだ。そこで、こうした「註」などというのを持ち出す誠に不様な恰好で、登場人物の紹介を致さねばならぬのを、寛大な読者よ、御海容ありたい。

現在との峻別をいっそう際立たせるための作者の苦肉の策が、過去を「註記」として書き表す工夫であったことがわかる。

長編『故旧』の場合は、よく知られているように、作者自身が、『人民文庫』に掲載された後半部分を、「書き直そうと思ったが、それもできなかったので、……未定稿にしたい」と書いたのだった。「未定稿にしたい」という理由について高見は、「第八節あたりまでは、登場人物の過去の経歴に関しての叙述を主としていてプランとしては『提唱部』にあたるもので、いよいよそれから、そうした過去を背負った登場人物たちが現在的背景に於いて、まんじ巴と入り乱れて現在的活躍を見せる筈であったのだが、筆力の衰えは、あせればあせるほど益々惨憺たるものとなり、遂にのたれ死をしてしまった」（『故旧忘れ得べき』人民社版「あとがき」昭和十一年九月）と書いている。

「現在的活躍を見せる筈」という強がりの部分と、「のたれ死をしてしまった」という自虐的な部分とがない交ぜになったこの奇妙な文章は、高見の特徴をよく表している。それはそれとして、不体裁であったとしても、過去と現在を明確に描き分けた短編の方が、「時間の落差」を基軸とした曖昧な小説構造のせいで中途半端に終わってしまった長編よりも、小説作品としてはまとまった効果を発揮していることは疑いない。

この時期の高見順には、まだ長編小説を構成するだけの構想力と力量が十分備わっていなかったというふうに言えるかもしれない。

第三章　時間を超越した「場」
――『如何なる星の下に』――

1　浅草という場所

『故旧忘れ得べき』が時間を基軸にした小説であるとすれば、『如何なる星の下に』（以下『如何なる』と略記）は場所を基軸とした長編である。場所は浅草。それも、過去でも未来でもない、いまの浅草なのである。ここでは、「時間の落差」はまったく問題にならない。そして、登場する人物たちは、主人公が最近知り合ったばかりの、いまの浅草に暮らす人たちである。

主人公である「私」（作家の倉橋）は、浅草本願寺裏のアパートの三階に、仕事部屋と称して一室借りている。自宅は別にあり、したがって彼は浅草に降り立った一羽の雁のような存在として、いずれはここから飛び立っていくことになる。浅草という場所を舞台にしたこの小説は、いま、ここ、に生きていることが重要な意味を持っている。

小説の初めにお好み焼屋の「惣太郎」が出てくる。ここは常連客の浅草芸人たちが集まってくる場所である。まずは、この「惣太郎」をめぐって二つの描写を見てほしい。

本願寺の裏手の、軒並芸人の家だらけの田島町の一区画のなかに、私の行きつけのお好み焼屋がある。六区とは反対の方向であるそこへ、私は出掛けて行った。

そこは「お好み横町」と言われていた。角にレヴィウ役者の家があるその路地の入口は、人ひとりがやっと通れる細さで、その路地のなかに、普通のしもたやがお好み焼屋をやっているのが、三軒向き合っていた。その一軒の、森家惣太郎という漫才屋の細君が、御亭主が出征したあとで開いたお好み焼屋が、私の行きつけの家であった。惣太郎という芸名をそのまま屋号にして「風流お好み焼――惣太郎」と書いてある玄関の硝子戸を開くと、狭い三和土にさまざまのあまり上等でない下駄が足の踏み立て場のない位につまっていた。(傍点原文のまま)

主人公「私」の行きつけの店である「惣太郎」の描写だ。浅草の、ありふれた一軒のお好み焼屋と言えばそれまでだが、細い路地の、狭い三和土の入口に、お世辞にも上等とは言えない下駄が散らかっているお好み焼屋、しかも店名のいわれまでさりげなく挿入されているこの一節には、作者の、浅草に対する並々ならぬ情愛といったものが滲み出ている。決して巧みな文章ではない。が、ここには浅草という場所への、そこはかとない愛着と関心が感じ取られる。

そして、「惣太郎」に集まってくる浅草の芸人たち。彼らを見つめる主人公「私」の心情を反映した、もう一つの描写である。

その顔の下に、へンにどぎつい浅間しい色彩の、いかにも棚曝しの安物らしいヘラヘラのネクタイやワイシャツを附けていて、それらは、それらの持主の人間までを棚曝しの浅間しい安物のように見せるのに見事に役立つのであった。——左様、こうした私の書き振りは、その人々を見た時の私の眼に蔑みと反感が浮かんでいたかのように、読者に伝えるかもしれないが、事実は正に反対なのである。私の眼には、——その人々を見ると忽ち私のうちに湧き上がってきた、なんとも言えない親愛の情、なごやかな心の休《やすら》い、それらの齎らした感動がありありと光っていたに違いないのである。（傍点、ルビ原文のまま）

浅草の芸人たちを見て「蔑みと反感」を浮かべるような顔をするのは、インテリとしての浅間しい反応に違いない。そのような態度はここでは完全に否定され、浅草という場所とそこに住む人間にすっかり溶け込んでいくところに、「親愛の情、なごやかな心の休い」が生まれてくるのだ。

浅草という場所と人々に対する、滲み出るような愛着は、『如何なる』全体を通じて感じ取られるものであるが、くどいようだが、浅草の魅力を伝える文章をもう一箇所だけ引用しておきたい。「惣太郎」で働いている嶺美佐子と主人公の「私」は、瓢箪池（戦後埋め立てられて現在は存在しない）に架かった橋の上に佇んでいる。

> 映画館街をそのまま終りまでずっと行って、ちょっと右へずれて真直ぐ千束へ通ずる通り、米久があるので普通「米久通り」と言われている「ひさご」通り、その入口の片方にある「びっくりぜんざい」は、大きな二重丸のなかに、二行に分けたびっくりという字を入れた赤いネオンを掲げ、片方の「大善」は、その二重丸の方へ泳いで行く恰好の、鮨のヤケに大きい、赤い線画の鮪のネオンを掲げ、上に大善と青いネオン、下に明滅の工合で波の動くさまをあらわした、手のこんだ青い電球版をつけている。それが藤棚の下に立つと、真正面に見え、黒い池の面に、その派手な鮮やかな倒影が映っている。店の光、ひさご通りの鈴蘭型の電球も一緒に映しているその池の面は、底に何か歓楽境めいたものを秘めていて、その明りが洩れ出ているような妖しい美しさであった。（傍点原文のまま）

昭和十年代の前半、大都会のネオンは平成時代の現在よりもずっと美しく輝いて見え、それを見つめる人々の目を楽しませてくれたに違いない。そのネオンの灯りが瓢箪池の水面に倒影していて、池の底に一種の「歓楽境」が隠されているようだ、というのである。作者は心を込めて夜の浅草の妖しげな美しさを讃えようとしている。このような浅草の描写は、この小説のいたるところにちりばめられている。それは単に大都会の美を文章で飾ろうとする努力ではない。そこには、浅草という場所空間の魅力を表現し尽くそうとする作者の姿勢が感じられる。浅草という場所の発見は、この小説の根底をなす重要なテーマなのだ。

浅草が高見順の小説に登場するのは『如何なる』が初めてではない。すでに昭和九年一月に発表された短編『世相』に現れていた。『世相』の意義については前章で述べたが、そこでは、浅草はレヴューの踊り子が生活している舞台としての意味だけしか持っていなかった。

しかし、『如何なる』においては、浅草という場所は、地形的な街区と、そこを根城にして暮らす人々とが混然一体となって形成している魅惑的な空間である。そして、浅草が小説の縦糸であるとすれば、レヴューの踊り子小柳雅子をはじめ、いろいろな芸人たちと主人公との交歓が横糸をなして小説を構成している。何よりも特徴的なのは、それらの登場人物たちとの付き合いは、例外なくいまを中心として展開しており、高見のそれまでの小説とは違って、過去はまったく問題になっていないということである。たとえば、主人公「私」にとって浅草の案内人とも言うべきレヴュー作家の朝野という人物は、いつの間にかスゥーと作品のなかに忍び込んでくる感じなのであるが、彼と「私」とのそれまでの付き合いはまったく存在しない。たしかに朝野という人物には彼なりの浅草における過去がある。しかし、主人公と朝野との関係には過去のいきさつなど問題にもならず、すべてがいまの付き合いだけなのである。その点が「時間の落差」を主題とした『故旧』との決定的な違いであると言えよう。

唯一例外は、主人公倉橋の以前の妻鮎子である。鮎子は、倉橋と別れたあと浅草で役者をしていたが、嶺美佐子の妹の亭主大屋五郎と一緒になり、いまは上海にいるという。しかし「私」は、鮎子のように浅草に突然現れて、浅草の人間をひとり攫っていくような存在にはなりたくない、と思っているだけである。倉橋はしょせん余所者にすぎないのだが、しかし浅草に受け入れられる存在でありたいと願っているのだ。なぜなら、浅草に受け入れられることが、主人公にとって、社会に受け入れられ、この社会のなかに存在しうることの証《あかし》を獲得することだからである。こうして、主人公にとって、浅草とは、場所の発見であると同時に、自己の存在証明という意味も持っている。

当然のことながら、浅草はすんなりと外部の人間を受け入れてくれるところではない。場所には排除の力が働く。たとえば、主人公は、浅草の元レヴューの踊り子でいまは「惣太郎」で働いている美佐子から、「猟奇の気持ちで浅草をブラついているのではないか」と疑惑の目で見られている。とりわけ美佐子の亭主である芝居作家の但馬は、そういう人間をひどく嫌っているという。

「但馬がもし浅草にいて、おたくに会って、おたくの猟奇趣味を知ったら、きっとカンカンに怒ったに違いない。」

そう言われて、私は慌てた。私は所謂猟奇的な気持ちで浅草へ来ているのではないと、そこでは弁解したが、然し——浅草のアパートに部屋を借りたのは、仕事をするためという理由を立てているが、浅草を見る私の眼には幾分猟奇的なものが無いとは言えない。それだけに、そう言われると、浅草へ来はじめてから既に半年経った現在、何か半分だけ自分が浅草の内部の人間のような気持ちに成っている私として、但馬が浅草を猟奇的に見る外部の人間に対して憤怒と憎悪を持つというその気持ちは、私に分からないではなかった。

もっと厳しい排除の力の例も見られる。ある日、「私」は、朝野から突然こんなことを言われる。

「——鯛に食いあきると、ゲテものの鰯が食いたくなる。だが、他人《ひと》にはそんな本心を隠して、わしゃ食いたい訳じゃないナンテ言うのを、カマトトというのですな。」

いそいそと親切に、そして誇らしげに雅子を私にひきあわせてくれた朝野だったのに、——今はそれを悔いている、私の「毒牙」を憎み呪っているというのをはっきり、その言葉に出していた。（傍点、ルビ原文のまま）

主人公の「私」は、十七歳のレヴューの踊り子小柳雅子に憧れに似た好意を寄せている。しかし、どこかに誘惑したいという大人の野心が隠されていると見なされても仕方がない。そう考えると、知り合ったばかりの浅草の人々全員からそんな目で見られているように感じられる。「私に厳しく注がれているそれらの眼を鞭のようにびしびしと感じ」ざるをえないのである。そして、「それらの眼は、いわば浅草の眼であった。私は浅草にいたたまれぬ想いだった」という気持に陥り、追われるようにして自宅へ帰って行かざるをえなくなる。浅草という場所が余所者の邪心に対して排除の力を発揮したのである。さて、しばらく浅草から遠ざかっていた主人公は、いままで以上に浅草に感情移入していく。まるで自分を「救済してくれる」場所であるかのように思えてくるのだった。

私は感動に胸を締めつけられながら、浅草というものに、——その実体は分からない、漠然としたものだが、浅草というものに、手を差しのべたかった。差しのべていた。

（やっぱり浅草だ。）

思わずそう心の中で呟いた。何か宙に浮いたような、宙で空しく藻掻いているような私を救ってくれるのは、浅草だ、やはり浅草に来てよかった、そんな気がしみじみとした。私は泣きたかった。うれしいのだ。

主人公は何かを求めて浅草へやって来た。「私」＝倉橋の精神状態は、自分のいるべき場所をしっかりと見出しているといった、安定したものではなく、「宙で空しく藻掻いているような」状態なのである。実は、この「宙に浮いたような」主人公の存在は、この小説の冒頭で象徴的に示されていたのだった。主人公は、アパートの窓から、隅田川の上流へと空高く飛んで行く雁の群れを見つめながら、こんな感想を抱いている。

何か今は忘れた、――今は私のところから去って行った昔の懐かしい夢のようなものに、ふと邂逅することが出来たみたいな、胸のキュッとなる想いであった。――夢が遠くの空を飛んで行く。手のとどかない、捉えられない高さ。夢は、すげなく見る見る去って行く。

「宙に浮いたような」精神の状態とは、まさに雁が飛行する姿であり、人生の夢を喪失した主人公の存在を象徴的に表している。「私」は浅草に救いを求めてやってきた旅人なのだ（「この旅に出たいという気持ちは私のうちにずっと燃えていたものだ。そうだ。私が浅草に来たのは、一種の旅ではなかったか。私は、それにその時初めて気付いたのであった」とある）。

そして、「ふいなあれ」と題された最終章では、浅草を支援する「浅草の会」なるものを主催する主人公の姿が見られる。「浅草の会」そのものは、参加者が少なく失敗に終わるが、主人公は「不思議な元気」をもらうことになる。それはこんなふうに説明される。

その場かぎりの元気ではない。この半年ばかりずっと私が落ち込んでいた低迷状態から漸く浮き上がることが出来そうな、そんな有難い頼もしいしんの感じられる元気であった。（傍点原文のまま）

この「元気」は、主人公のこれからの人生にとって欠くことのできないエネルギーであり、浅草という場所こそが与えることのできた精神の回復を示している。

2 「浅草」のエネルギー

そこで、もう一歩踏み込んで、高見順にとって浅草とはいかなるところであったのかを考えてみることにしたい。言うまでもなく、小説『如何なる』の全体がその解答になっているのだが、小説のなかで、とりわけ銀座と比較して浅草を記述しているところが注目される。

私はそれまで、盛り場としては銀座を愛していたが、とみに銀座や銀座的なもの、私のうちに於ける銀座的なものに嫌悪を覚え、同時に、浅草は民衆の盛り場というぼんやりした（いい加減な）概念に惹かれて、私は浅草へ来たのだ。私はそこで、民衆の群《むれ》のなかに自分を置きたいと思った。（これも、いい加減な概念的なものだった。）――民衆の持っている素朴さ、率直さ、強靭さ等々で自分の神経を揉んで、ヒステリーを直したいと思った。（ルビ原文のまま）

主人公「私」の独白であるが、この場合の「私」の気持は、ほぼ作者高見順の気持と等身大だと見なしていいと思われる。銀座とは違った浅草固有の大衆的な雰囲気は、とりわけこの時期の高見順自身が希求してやまなかったものであっただろう。なぜなら、高見は、同じような意味を込めて、エセー『酸漿市』（昭和十三年）のなかで、「浅草に部屋を借りたのは、仕事場の意味だけでなく、色々な点で山の手的なインテリ的な、或は銀座的な自分に違った何かを加えたいと思ったからだ」（傍点原文のまま）と書いているからである。「銀座的なもの」ということの意味を、高見自身がどのように含意していたかは、ここでは詳しく書かれてはいないが、簡単に言えば、彼がそれまでに身にまとっていた世界、彼が付き合ってきた人々、そして「山の手的なインテリ的な自分」を象徴するものであっただろう。高見はそれまでの自分から逃れ、清算するために浅草という場所を選んだということである。

こうして、『寝そべる浅草』（昭和十三年）のなかで、銀座と浅草を対比しながら、こんなふうに書いている。

銀座は一流の故に常に何か戦っている感じであるが、浅草は二流の故に寝そべっている。銀座に遊ぶ人々は何か気負い立って、――一体遊ぶということは何かを捨てるものだろうに、そこでは何かを求めようとするような眼をギラギラさせている。ところが浅草では人々は捨てている。先ずもって気取りを捨て、それから心の疲労とか苦悩とかいったものを続々と捨て、限りなく排泄するのである。人々はお互いにそうしたどろどろしたものを満身に浴びながら、それで安心する。（傍点原文のまま）

「気取り」とか「心の疲労や苦悩」を捨てているという表現には、おそらく、高見自身の実感が込められているのだろう。浅草の人々はそれぞれに吐き出す「どろどろしたものを満身に浴び」ている、そういう社会に自分も仲間入りしようとしている。そのことによって彼は、作家としてのエネルギーを充電しようとしているのだ。それは浅草そのものを描くことではない。あくまでも浅草に溶け込もうとする自分自身を描くことなのだ。だから、『身勝手な浅草案内記』というエセーのなかで、『如何なる』では浅草そのものを書くことが目的ではなかったとして、次のように書かれている。

その小説〔『如何なる星の下に』のこと〕のせいか、私は世間から、何か浅草通の如くにされるようになりましたが、その小説のなかで、私は決して自らを浅草通を以って任じたりしてはおりません。私は、私の眼に映じた浅草を書きました。浅草そのものを書くことが、私の目的ではありませんでした。私にとって、浅草そのものを書くということ、つまり私が浅草通であるように振舞うことは、私にとって何の意味もないのであります。

「浅草通」であろうとしても、先に触れたように、浅草という場所に潜む排除の力によって弾き出されてしまうに違いない。結局、一年ほどして、高見は東本願寺裏の「五一郎アパート」と称されるアパートを引き払って、大森の自宅への帰って行くことになる。高見にとって、浅草はやはり「ゲテものの鰯」にすぎなかったのだろうか。高見は、『浅草の顔』（昭和十六年十月）と題するエセーのなかで、こんなことを言っている。

浅草のアパートをひきあげても、今年のはじめ蘭印へ行くまえまでは、しょっちゅう浅草に心の憩いをもとめに行っていたが、帰ってきてからは、余り行かなくなった。どういうのだろうか。私はそこで、かつて私が浅草に部屋を借りたりしたのは所詮旅への憧れがそうした形で現われたのだということを、今更ながら強く知らされた。東京の山の手育ちの私は、旅の与えるあの憩いを、浅草にもとめていたのだ。

ここで言われてる「蘭印行き」とは、画家三雲祥之助とともに昭和十六年一月から五月にかけて、インドネシアのジャワ、バリ島を訪れた旅のことを指す。おそらくは初めての外国旅行で旅の非日常性を味わった高見が、その連想から、ここで浅草への「旅の憧れ」という表現を用いたのだろうが、しかし、もともと『如何なる』自体に「旅」のことは書かれていた（前出）。それにしても、浅草に「旅の与えるあの憩い」を求めたと言っているのは、いささか単純すぎるというものではないだろうか。たしかに浅草のなかに精神的な憩いを求めたことは事実であろう。しかし、それだけではないはずだ。高見は、浅草の民衆が持っているバイタリティに惹かれ、そこから創作上のエネルギーを得ようとしたのである。小説を書く上で、創作のエネルギーの根源となるものを求めずに、いったい何を求めようというのか。

高見順が編集したアンソロジーに『浅草』（昭和三十年）という浅草案内書がある。浅草にゆかりの二〇名の執筆者が浅草の魅力を語るべく、それぞれに浅草の体験や思い出などを綴っているのだが、そのなかに、高見自身は「浅草の小説」というエセーを寄せている。詳細は省略するが、彼の表現を見れば、明治以降日本の近代文学のなかで、浅草が、数多くの作家たちによって取り上げられてきた、重要な文学空間であることを感じさせる。高見にとっての浅草も、この系列のなかに位置づけられるものであろう。

ところで、執筆者のひとり荒正人は、ロシアのインテリゲンチャと比較しながら、こんな指摘をしている。「おおげさにいえば、知識人の或る種のひとたちが浅草を愛するのは、十九世紀ロシアのインテリゲンチャの心に映ったコーカサスの場合に、ほんのすこしだが似ている。都会の生活に疲れた知識人は、コーカサスの大自然に親しみ、土民たちの原始生活にふれて、再び生活の意欲をよみがえらし、モスクワやペテルブルグにかえってきた」。

荒正人は「生活の意欲」と書いているが、高見が浅草に求めたものは、それよりも創作上のエネルギーと考えた方が適当だと思う。

その荒は同じ文章のなかでずいぶん厳しい言い方をしていて、「高見にしたところが、浅草などいい加減で打ち切りにして貰えぬか」と述べ、さらに、いつまでも浅草に「甘える態度」には賛成しかねると書いている。荒は、高見の浅草への思い入れを単なるもの好きにすぎないと見なし、作家の甘えだと判断している。この見方からすれば、『如何なる』の最終節「ふいなあれ」において、「不思議な元気」が湧いてきたと言われているのは、虚妄の空元気だったということになるのかもしれない。しかし、それが空元気にすぎなかったのか、それとも本物の創作上のエネルギーだったのかは、にわかに見定めがたい。なぜなら、この長編が新潮社から刊行されたのが昭和十五年四月、この時期、わが国はますます戦時色を強め、やがて十月には大政翼賛会が結成され、言論活動にもさまざまな制約が加えられていくからである。高見の執筆も思うに任せず、時代の苛酷な圧力に苦しむことになる。

3 「私」とは何か

——高見順の小説技法——

『如何なる』は、昭和十四年一月から翌十五年三月まで雑誌『文藝』に十二回にわたって連載されたが、その連載第五回目の冒頭に、作者の断り書きとも言うべきこんな一節がある。

> この可笑しな小説も、これではや第五回目である。書きはじめてから既に七ヶ月経っているのだが（五ヶ月ではなく、七ヶ月という勘定の合わなさは、二ヶ月休載したからであるが、で何故休んだかというと、——エイ、そんなことはどうでもいい。）その七ヶ月の間に、私が書いたことといったら、ああなんと、たった一日の話。もとより物語も一向に進展を見せてない。

この文章はいったい誰が書いていると見なされるものだろうか。少し面倒な話ではあるが、主人公「私」をめぐって、高見順の小説技法について考えてみることにしたい。

この引用文中で「私が書いた」と述べられている「私」とは誰のことか。主人公の「私」と同じ「私」なのだろうか。そのことを考えるために、参考までにこの小説の冒頭の一節を紹介してみる。

——アパートの三階の、私の侘しい仕事部屋の窓の向こうに見える、盛り場の真上の空は、暗くどんよりと曇っていた。窓の近くに有り合わせの紐で引っ張ってつるした裸の電燈の下に、私は窓を開けて、小さな仕事机を据えていたが、その机の前に、つくねんと何をするでもなく、莫迦みたいに坐っていた。

　この場面での「私」は、言うまでもなく小説の主人公であり、語り手の「私」である。したがって、この小説は典型的な一人称小説なのである。この主人公の「私」は作家で、倉橋という名前を持ち、浅草に仕事部屋と称してアパートの一室を借りて、何かを書こうとしている。何かを書こうとしているけれども、それは『如何なる星の下に』という小説そのものではない。「小さな仕事机を据えて……坐って」いる主人公の「私」は、作家という肩書きを持った作中人物であり、物語の語り手である。主人公の「私」が書いているのは、「甘ったるい通俗小説」であったり「A新聞のカコミ評論」だったりするが、進行中の『如何なる』の物語を書いているのは、主人公の「私」ではなく、あくまでもこの小説の作者なのである。

　一方、先に引用した文章中の、「私は書いた」という場合の「私」は、明らかに、主人公の「私」や語り手の「私」とは違う「私」と考えるしかない。よく見ればわかるように、この場合の「私」は『如何なる』を書いている作者の「私」である。この「私」は、ご丁寧にも連載を二ヶ月も中断したその理由まで書こうとしている。この場合の「私」とは、主人公の「私」ではなく、間違いなく作者なのである。ついでに言えば、「この可笑しな小説」と考えているのも作者の「私」にほかならない。

　このように、この小説のなかでは、主人公の「私」と作者の「私」が混在し、作者の「私」が小説のなかに不意に介入するところに小説技法の特徴があると言うことができる。それを仮に「作者の介入」と呼ぶとすれば、高見順の小説の大きな特徴は、この「作者の介入」が頻繁に見られることである。たとえば、この小説の第一節の終わりに、こんな部分がある。

　さてここで、芝居にたとえるなら、いわば初めて物語の幕は開かれるのである。では、今までのおしゃべりはなんであったか。私というこの物語の語り手の心の楽屋をちょっと覗いて見たのであるが、思えば、そんなことは不必要であったかもしれない。

「私というこの物語の語り手の心の楽屋」を「覗いて見た」のは誰かと言えば、それは言うまでもなく作者であり、作者の「私」が主人公の「私」の心を見ているのである。「そんなことは不必要であったかもしれない」と思っているのもこの物語の作者であり、語り手である「私」のことではない。

　ところが、もっとややこしい場合もある。すなわち、この二種類の「私」が混在するだけではなく、どちらとも判断がつかないこともあるのだ。次に引用するのは、いったん浅草から自宅へと引き上げた主人公の「私」が、自宅前の、道路を隔てた向かいの家の二階から外を眺めている娘と目を合わせる場面である。

はじめは、ちらちらッと見ていたのだが、そのうち私はぬッと顔をあげて睨んだ。睨んだ眼を娘さんの顔から離さなかった。娘さんは、それを充分意識しながら、――平然と、悲しい気分を楽しみ、そしてその悲しみの姿勢を私に見せることによって一層楽しんでいる顔である。私は負けて障子をピシャリと閉めた。

瞬間私は、私の小説は正にその不愉快な娘さんにそっくりではないかと気付いた。私は悲しい、――というようなことを読者に押し売りしているような小説を、私は特に好んで書いている。

前半の、娘と顔を合わせている「私」が、主人公の「私」であるのは間違いない。ところが、引用文後半の「瞬間私は」からあとに登場する「私」は、主人公の「私」と決めつけるわけにはいかない。主人公である「私」が自分の小説について述べているとも理解できるが、作者である高見順が「私」の小説である『如何なる』について反省している文章とも受け取ることができる。つまり、この場合の「私」は、主人公の「私」でもあり、作者の「私」でもあるという曖昧さを狙った巧妙な表現だとも言える。このように、高見順は、小説作品のなかで、違った三つのレベルの「私」を巧みに使い分けているのである。

「私」の巧妙な使い分けは、当然のことながら、それが一人称小説であるがゆえに可能なのであって、第二章で触れた『故旧』のような三人称小説では、そうはいかない。それでは三人称小説では、この使い分けに相当する技法はどのように用いられているのだろうか。『故旧』第一節の次の箇所に目を通していただきたい。主人公小関が床屋に行くところであるが、作者の筆はしだいに主人公の職業とか高等学校時代の思い出などへと際限なく逸れていったあとで、こう述べられている。

> 思えばなんとした愚かな廻り道を筆者はしたことであろう。筆者が饒舌を弄しているうちに、われわれの主人公たる小関健児は迅《とっ》くに散髪をおえ、彼の所謂味気ない家庭へ既に帰っているではないか。読者には甚だ申訳ないことながら、これというのもひたすら筆者の魯鈍のせいであるが、理髪店にはいりなやんでいる小関の稍常軌を逸しているような有様は、これは決して彼の肉体的異状に帰因したものではないというその一言に、以上の饒舌は要約すればできるところを、ついクダクダと説明の筆がのびて了ったのである。（ルビ原文のまま）

このような「筆者」という言い方は『故旧』のなかではたびたび用いられているものであるが、見られる通り、三人称小説では「私」は存在しないから、代わりに「筆者」が登場するのである。したがって、この場合の「筆者」は、『如何なる』における「作者の私」に相当するものにほかならない。ちなみに、『故旧』では、主人公が複数存在すると見なされるのであるが、多くの部分は小関の視点を通して描かれている。たとえば冒頭の一節。

そろそろ頭髪《かみ》をからねばならぬと思いついてから半月経ち、こうボサボサに成ってはどうしても今夜こそはと固い決心をしてからでも、尚三日ばかり経って漸くのことで、躑躅の盆栽を沢山並べたその理髪店の敷居を小関は跨ぎ得た。（ルビ原文のまま）

小関という作中人物を通して語られている典型的な三人称小説である。高見の小説では、ときどき作者が顔を出し、作者の言い訳や弁解に類する韜晦趣味を表す場合もあるのだが、「筆者の介入」は全体としての物語の進展に有効に機能している。「なんとした愚かな廻り道を筆者はしたことであろう」とか、「筆者の魯鈍のせい」といった弁解を織り交ぜつつ、小関の常軌を逸した性格を要約して強調するという効果を発揮している。しかしながら、「筆者は」という表現は、いかにも小説技法の稚拙さを示していると言えないだろうか。その点、『如何なる』における「私」は、三様の「私」を使い分けていて、この方が作品の構成の上ではより巧妙になっている。

こうして、高見順の創作過程において、「作者の介入」という小説の技法を発展させた『如何なる』

の方が、構成力の未成熟さによって中断された『故旧』よりも、明らかに進歩していると言えるだろう。

4 『深淵』
——浅草小説の完結——

同じように浅草を舞台にした長編でも、戦後に書かれた『深淵』の場合は、その違いは誰の目にも明らかである。『深淵』は昭和二十二年五月から翌二十三年六月まで雑誌に連載された。この長編の小説世界は、たしかに戦前の『如何なる』と似ている。主人公の作家（『深淵』では角見、『如何なる』では倉橋）は、浅草の「五一郎アパート」に一室を借りて浅草の街を徘徊しているし、主人公が惚れ込んでいるレヴューの踊り子（同じく二条良子と小柳雅子）や、主人公とほとんどいつも行動をともにしている友人（同じく橋倉と朝野）、その他浅草にはなくてはならぬ芸人や役者たちなど、登場人物の配置だけを取り上げてみてもたいへん酷似していて、まるで「浅草もの」の戦後版といった印象を与える。

しかし、重要な点で大きな違いを示している。第一に、主人公とその時代との関係性、言いかえると、時代背景としての昭和十三年頃の、小説における描き方の問題である。第二に、『如何なる』ではほとんど登場しなかった作家Tとの関係が小説の主軸になっていることである。

『深淵』第一章では、いきなり物語の時代状況がこんなふうに説明されている。

——所謂支那事変がいよいよ深刻に成ろうとする頃であった。戦争の進行とともに、文学の上にじりじりと迫ってくる重圧を、角見は人一倍敏感に感じ取る方であった。

蘆溝橋での挑戦が角見を驚かしたときは、彼の作品がやっと一流雑誌に載りはじめてからほんの二三年しか経ってない頃で、これから大いに仕事をしようという矢先に戦争がはじまり、あれを書いてはいけない、これも書いてはいけないと、仕事の自由がどんどんせばめられて行く一方と成った。

（中略）彼はおどおどと怯えていた。彼の心はいつも暗く、いらいらしていた。

ここには、昭和十二年の日中戦争の開始とともに言論統制が一段と強化され、そのために精神的圧迫を受けているひとりの作家の姿がくっきりと描かれている。つねに「おどおどと怯えてい」るような精神状態——このあとの主人公の振舞いや思考にはいつもそのことがつきまとっていると、作者は小説の最初に念を押しているように見える。

一方、『如何なる』では、支那事変と主人公の気持はまったく別なふうに書かれていた。以下は、主人公の作家倉橋が、フランスの作家モンテルランを引用しながら、「逞しい強い小説」を書きたいと思っている場面である。

こうした願い（「私は爽快に逞しく五十米も跳ぶような小説を書きたいと思った」という願い）は、事変と共に私のうちに起きたものであった。外から要求されたものというより、私としては、内に自ずと起きた一種生理的な欲求のようなものであった。（中略）そこで、その欲求は充たされないで、私のうちに鬱積し、私は一種のヒステリーみたいに成っていた。

　私は戦場へ行ったら、そのヒステリーみたいなのから救われるかもしれないと思った。だが、私には、同胞が生命を賭して戦っているところへ、戦いに加われない丙種の私が行くことは、いかにも「見物」に行くみたいな感じで、どうにも気がひける思いだった。

「事変」ということばが突然現れるのであるが、そのあとに「戦場に行ったら」以下の一節がなければうっかり見過ごしてしまいそうな、何の説明もない一言で時代背景が示されているだけである。そして、精神の鬱積やヒステリーのような状態は、戦争に参加することによって救済されるかもしれないとも述べられている。

　戦前に、ほぼ同時期を扱ったものと、戦後になってその時代を振り返って書かれたものとの大きな違いが浮き彫りになっているのだが、『如何なる』では、戦場へ赴くことによって、個人的な精神の悩みなど吹き飛んでしまうかもしれないという気持と、「丙種」であるために戦地に赴くことができない引け目とがいかにも遠慮がちに示されている。他方『深淵』では、時代の圧迫によって心が暗くなり、怯えている精神が率直に表現されていて、時代状況と作中人物の関係が意識的に追求されている。戦前と戦後の視点はまったく対照的なのである。『如何なる』を執筆していた昭和十四年から十五年にかけて、作者は必要以上に官憲の目を気にしていたことが窺われる。

戦前、高見がいかに官憲の検閲に神経を使っていたか、それゆえ『如何なる』では書きたいことも十分書けなかったかは、たとえば、『深淵』では扱われているが、『如何なる』にはまったく触れられていない大正文学研究会のエピソードを見てもよくわかる。

『深淵』によれば、あるとき主人公の提唱で大正文学研究会を開くことになった。有名な作家のH氏やU氏を呼んで話を聞こうという試みである。ところが、研究会の途中で特高刑事がやって来て「不穏な無届け集会は解散だ。解散を命じる！」とやられてしまう。何とか平謝りに謝って、その場での解散だけは免れたが、次の日に警察へ出頭するよう命令される。そのときの様子。

解散命令に昂然と抗議し、そして昂然として検束されて行った昔の自分が回顧された。「ああ、いやだ、いやだ」思わず声に出して言っていた。角見はしばらく部屋に戻ることができなかった。

改めて身体が震え出すほどの憤りを感じた。いささかも「不穏」の意図を持たぬ、こんなおとなしい文学的な集まりでも、この日本ではいちいち警察にとどけ出て、びくびくしながら開かなくてはならないのか。

ついでに言えば、昭和三十三年に「警職法改正案」が国会に上程されたとき、高見は『毎日新聞』に寄せた一文『不穏な集会といわれて』のなかでもこの大正文学研究会のことを書き綴っていて、それが単に小説のなかのエピソードというだけではなく、生涯忘れられない出来事だったことを思わせる。断るまでもなく、官憲の厳しい目が光っていた『如何なる』執筆の時代には、このようなエピソードを扱うことは、よほどの覚悟がなければできない相談であった。別の見方をすれば、作者自身のなかに、検閲の網をくぐり抜けてでも時代の真相を書くという意識が働くことはなかったと言うこともできる。

逆に、『深淵』では、時代の重圧が強調される。とりわけ、一度逮捕され、いまは警察の監視下に置かれている主人公にとっては、ものを書くという行為自体が監視の対象である。「定められた道」を歩むしかなかったそのような精神状態がこんなふうに表現されている。

彼は書きたかった。しかし真に書きたいとするものは書けなかった。否、真に書きたいものは何かということすらじっくり腰を据えて考えられないほどに、彼はただ追いまくられていた。時代の重圧に、――そして重圧に順応しながらとにかく書きたいとする殆んど盲目的なあせりに。

彼はその頃いつも、鞭で追われる羊の群を自分のうちに思い描いていた。鞭は絶えず鳴りつづけていた。（中略）定められた道に追われながら、かろうじて自分を生かす。それ以外にはないように思われた。

「書きたいとするもの」を書きたいという欲求と、それが許されず、「鞭で追われる羊」のように、時代の重圧を感じながらもがいている自分――『深淵』はそのような時代状況を、戦後の時点から、あらためて浅草を舞台にして描こうとした作品と言うことができる。

5　作家Tのこと

何といっても二つの小説の最大の違いは、『深淵』では作家Tの占める位置が極めて大きいということである。武田麟太郎を思わせるこのTという作中人物は、『深淵』ではあまりにも頻繁に登場するのであるが、作者高見順は、この人物の人間的特徴や振舞いを描くというよりは、主人公角見との関係性だけを中心的に書いている。つまり、主人公にとって、Tとはどのような人間関係であり、この人物との交友がどのような意味を持っているかが重要なのである。実際、小説の冒頭から、原稿の締め切りのことでTが話題になり、作者は、「角見とTとは、前は親友の間柄であったが、今は疎隔を来していた」と、二人のあいだの関係性を問題にしている。

小説から離れて、現実生活における高見順と武田麟太郎との交友関係について言えば、それは学生時代の同人誌『大学左派』の頃から始まり、『人民文庫』終刊の頃までのおよそ一〇年間に及んでいる。

そのことを、武田の死後に書かれた高見の回想『武田麟太郎について』（昭和二十一年）から抜き出して

みると、

僕と武田さんは昭和三・四年の『大学左派』の頃からのいわば同志であり友人であるが、武田君とか武田とかいう気がしない。武田さんを知る前から僕は文学をやっていたが、ほんとうの文学的開眼を僕に与えてくれた人は武田さんであった。その意味で恩人と思われ、やはり武田さんといいたいのである。

その武田さんと、晩年はあまりつきあわぬようになっていた。それが今は悔まれてならぬ。間柄が疎遠になったその原因については、今はいう気がしない。いえば自分のいい分をいうことになる。それはいやだ。

高見順の作家としての誕生にとって、武田麟太郎がどれほど重要な存在であったかを、この文章から窺うことができる。それゆえ、昭和の時代と重ね合わせて自分を書こうとした高見が、『深淵』のなかでTという作中人物をたびたび登場させながら、主人公のいまの心情を描こうとしたその試みはよく理解できる。

再び『深淵』に戻れば、その最終章には、浅草の酉の市の晩に、Tが取り巻き連中といるところに主人公が出くわす場面がある。Tが久しぶりにいっしょに飲もうと呼びかけるのだが、取り巻きに引き立てられるようにして去っていく。「Tと久し振りに会っておきながら忽ち別れねばならなかったことは、彼の心にすぐには癒し難い傷を負わせていた。傷の痛みは何を以ってしても紛らしようがなかった」。

主人公が負っている心の傷はすぐには癒し難いほど深いと強調されている。先に引用したエセーでは、「間柄が疎遠になったその原因については、今はいう気がしない」と書いた高見順だが、小説のなかではそれを言わないことには物語は成立しない。なぜ「心の傷」がそれほど強調されるのかがわからないからである。すなわち、主人公角見とTとの感情的な亀裂は、いっしょに始めた雑誌（小説のなかでは『人民文学』となっている）の創刊号からすでに生じていたことが明らかにされる。この雑誌では、Tの発案で「わかもの座談会」という討論記録が掲載されたのだが、それについて、小説ではこんなふうに書かれている。

僕はその『わかもの座談会』のわかものというのを、新しい文学をやるわかものという意味に解していたんだ。既成文学に対するわかもの、新しい文学を開拓する文学的わかものの結成、――その雑誌を、そういう風に考えた。だから僕は創刊号の『わかもの座談会』を、Tさんをも含めて僕等一同かたまっての一種の挑戦的座談会と考えていた。Tさんも、たしか、そういう意味のように僕に説明したと思うんだが、いざ雑誌が出てみると、親分のTさんに対するわかものの僕たち、そういう形に成っているんだ。驚いたね。Tさんを親分に担いで、僕たち子分が、わあわあと何か気焔を挙げている。そういう恰好に成っている。しまった！　と僕は思った。

　いつの間にか「子分」扱いされていることに憤懣を募らせているのである。このときの気持は、「敵意に近く怨恨にすら似ていると言っていい位のTへの感情が、どちらから生じてきたのか、角見には自分で訳が分らなかった」とまで表現されている。

　こうして、両者のあいだの感情の齟齬、あるいは弟子扱いされたことへの憤懣は、雑誌の創刊以来抱き続けられたのであるが、決定的な亀裂は雑誌の廃刊のときに訪れる。しかし、その亀裂は、単にふたりのあいだの感情的な縺れだけではなく、雑誌に自由にものが書けなくなった昭和十年代における時局の言論弾圧のせいでもあることにとりわけ注目しておくべきであろう。時代の影響がこんなふうに強調されている。

　思えば、Tとの仲たがいにも、こうした時勢の暗い翳がかなり大きな作用を持っていた。正統派的な左翼雑誌の全滅したあとにできたTの雑誌は、その執筆グループの中に嘗ての左翼作家が加わっていたので、当局から睨まれていた。左翼作家でないものも執筆グループに入っていたが、戦争の進行とともに、人民戦線的なものとして、厳重な監視をうけた。

雑誌の廃刊は、Tが執筆のために箱根にこもっているところまで出向いた主人公が、Tと直接話し合い、その上で廃刊と決まったものである。そして、それまでのふたりのわだかまりが解消されると思ったのに、結果的にはその逆になってしまう。そのいきさつについては、「Tの取り巻きによると、脱退の分裂のというのは角見の策動によるものだとされた。角見の陰謀で雑誌は廃刊の憂目を見たというのである」とされている。

そして、当人同士というよりも、取り巻き連中の風説のせいで気まずくなったTとの関係、そのことが主人公角見を浅草へ追いやる原因になったと作者は説明している。

孤独感の好きな角見も実は好きでない孤独にだんだん追いこまれて行く形に成った。自分で自分を追い込んでも行った。彼は彼に白眼を見せる人々から身を避けて、更にまた、彼には却ってつらいところの同情的な眼を見せる彼自身の文学上の友人からも離れて、そういった類いの人々のいない浅草の雑沓にまぎれようと考え出したのが、五一郎アパートに部屋を借りた主な心理的な理由であった。民衆的な浅草へと自分は心を惹かれ出し、銀座の空気が何かいやになったと、その頃角見は随筆に、そんな風なことを書いた。それもそうではなかったけれど、Tやその取り巻きの眼の光っている銀座の雑沓から逃れようというのが本音であった。それまではまるで銀座のなかで暮らしていたと言ってもいい角見だったが——。

「民衆的な浅草へと自分は心を惹かれ出し、銀座の空気が何かいやになった」ことを主調にして書かれたのが『如何なる』の世界であって、そこではTやその取り巻き連中を避けるための浅草といった理由はまったく示されていなかった(それはあまりにも同時代のことでありすぎ、書くには差し障りのあることだ)。一方、戦後に書かれた小説では、昭和十三年頃の主人公については、Tとの関係においてこそ語られるべきだという小説の書き方が採用されている。浅草という場所そのものが主人公に対して持っている意味は変わらないのに、そこに住む理由づけがまったく違うのである。こうしてみると、『如何なる』は、作者が本来書きたかったことの半分しか書かれていないと言えるかもしれない。そして、『深淵』は昭和二十一年に死亡した武田麟太郎への鎮魂歌であると同時に、この小説をもって、浅草を舞台にした長編がようやく完結したということになる。

平野謙は『全集』第三巻解説のなかで、「『深淵』のライトモティーフは他者との関係における主人公=作者の相対化ということだろうと思う」と書いている。たしかに、他者との関係において主人公を語るということは、主人公を相対化することにほかならないが、あえて「相対化」を言うのであれば、それは昭和十年代という時代のなかに主人公=作者を相対化しようとしているということではないだろうか。時代のなかに相対化するということは、言いかえれば、主人公=作中人物を時代の流れのなかに位置づけて描くということであり、作者が自伝的な小説において、自らを時代のなかに客観化しようと試みることにほかならない。

実際、すでに見たように、主人公角見とTとの感情的亀裂の背景には、「時勢の暗い翳がかなり大きな作用」を及ぼしていたのであって、高見順は『深淵』のなかで、時代状況の特徴を描き出そうと努めた。それはつまり、「時勢の暗い翳」が作中人物たちにどのような影響を及ぼしているかを示すことであり、ひいては昭和の文学者たちを戦時体制の下で見つめ直すことにほかならない。戦時体制下の作家高見の苦悩は、まだまだ続くことになる。

第四章　戦時体制下の苦悩

長編『如何なる星の下に』は昭和十五年四月に単行本として上梓された。昭和十五年は皇紀二六〇〇年にあたり、時代はますます軍国主義色を強め、言論界はいっそう官憲の目を意識せざるをえなくなったが、このような時代に対して高見順はどのように対応しようとしたのか、この章では、戦時体制下（この表現に厳密な定義を加えようとすると長くなる。さしあたっては昭和十五年から二十年八月の終戦までの時期としておきたい）における高見順の思想と行動について考えてみることにしたい。

まず、戦時体制下の高見順の様子を年表ふうに辿ってみよう。

昭和十五年十月、大政翼賛会が創立され、同時にその文学者版とも言うべき「日本文学者会」が発足する（十月十四日）。高見は発起人のひとりとしてこれに名を連ねた。そして、『文学の新体制』（昭和十五年十月）、『日本文学者会の成立』（同年十一月）、『新体制と文学』（同年十二月）といった文章を書き、

「大政翼賛運動」への積極的な協力を説いている。

昭和十六年になると、一月から五月にかけて、画家三雲祥之助とともにジャワ、バリ島へ旅行する。このときから「日記」を書き始め、それらはのちに『高見順日記』として公刊される。このジャワ旅行から帰国したあと、『文化の僂さ』（昭和十六年五月）、『文学非力説』（同年七月）、『再び文学非力説について』（同年十月）などを発表する。戦時下における文学の役割について明確化しようと企図したものである。この年の十一月、徴用作家（いわゆる白紙動員）としてビルマ戦線に従軍する。十二月八日の真珠湾攻撃はビルマへ向かう船上で知ることになる。

ビルマに滞在したのは昭和十七年いっぱいであり、十八年一月に帰国する。ビルマ滞在中および帰国後、ビルマについて精力的に執筆し、エセー集『ビルマ記』やビルマ体験を扱った小説を発表している。『大東亜共栄圏と国民文学』（昭和十七年四月）といった文章も書いている。

昭和十八年には「時局講演会」と称する文学者講演会で日本各地を廻っているが、長編小説も執筆している。『まだ沈まずや定遠は』（昭和十八年八月～十九年二月）、『東橋新誌』（十八年十月～十九年四月）である。

昭和十九年も長編『銀座近情』（十九年三月～七月）を書くが、六月から十二月まで二度目の徴用作家として中国戦線に動員されている。中国滞在中に、昭和十九年十一月十二日から三日間南京で「第三回大東亜文学者大会」が開かれ、高見は二日目に「如何にして大東亜諸民族の文化水準とその民族意識を高揚すべきや」と題して報告している。中国に滞在した昭和十九年の後半から二十年にかけては、さすがに執筆した作品は極端に少なくなる。

1　文学の「新体制」

昭和十五年は皇紀二六〇〇年ということで、これまで以上に皇国思想が喧伝された年であった。この年の七月二十二日に、「新体制運動の中心であり、軍部はじめ各方面から、政治革新の担い手として期待されていた」近衛文麿第二次内閣が発足する（『昭和史』岩波新書）。

この近衛内閣の下で、七月二十六日には「基本国策要綱」が、翌二十七日には「世界情勢の推移に伴ふ時局処理要綱」が発表され、「八紘一宇」、「大東亜新秩序の建設」が謳われ、「武力行使を含む南進政策」が決定されたのであった。『昭和史』によれば、「この決定にもとづいて、陸海軍は具体的な対英米戦争の準備にのり出し、作戦計画の策定、軍事情報の収集、南方作戦用の編成装備の改編充実にとりかかった。たんに日中戦争解決のための、援将ルート（ビルマ（現在のミャンマー）や仏領インドシナ（現在のヴェトナム）経由による蔣介石軍への援助物資輸送ルート）遮断や南方資源獲得という目的をいつのまにかのりこえて、南方侵略そのものが主目的となり、対英米戦争が現実の日程にのせられたのである。日本の運命を決したこの南方進出策は、米内内閣倒壊前から参謀本部で用意され、組閣早々ほとんど検討の余裕なしに決定された」。そして、十月十二日には「大政翼賛会」が発足し、それと前後して「文芸新体制準備会」の発足、十月十四日に「日本文学者会」の設立を見ている。

それより以前、この年の五月には、文芸銃後運動として、文芸家協会の主催による第一回巡回講演会が開かれているが、高見順は七月の文芸時評『羞恥なき文学』のなかで、文芸銃後運動の一環としての講演会の必要性を主張している。

「日本文学者会」の結成については、高見も呼びかけ人のひとりとして名を連ねて、二つの文章を発表している。一つは『日本文学者会の成立』(『文藝春秋』昭和十五年十一月号)であり、いま一つは『文学の新体制』(『北海タイムス』同年十月二十九～三十一日)である。)『日本文学者会の成立』は、高見が当時雑誌に連載していた文芸時評の一つであって、どちらかと言えば感想めいた文章なのであるが、それだけにこのときの気分が率直に語られているように思われる。高見はまず、文芸銃後運動として四国地方で巡回講演をしてきた感想を語り、自分の話のタイトルは「時局と文学者」であったと書いている。そして、時局が国民に対して重大な決意を促しているとして、次のように書いている。

やがて新体制の推進とともに、文化政策(そのうちのひとつとして、文芸政策)が具体的な問題となるであろうが、文化の一分野を担当している文学者が、それに対して拱手傍観の態度を取っていて、いいだろうか。何等かの形で、進んで協力するのが、文学者の義務であろう。政策が決定したら、それに従うといった消極的な態度は、新体制運動を理解していないのである。対応するということは、協力することでなくてはならない。

「対応するということは、協力することでなくてはならない」とは、呆気ないほど単純な論理ではないか。この文章を読めば、どう見ても、理屈抜きに新体制運動に協力することが文学者の義務であるということにしかならない。そして、このような協力は、個人的なレベルだけではなく、組織的な面でも必要であることが強調される。「文化政策への協力、そしてやがてその遂行を、バラバラにでなく、統一的にして、それを真に有意義なものにさせるには、文学者の統一的な組織がなくてはならない」と言うのである。そもそもこの文章は「日本文学者会」設立の経過を詳らかにすることを趣旨としたものであったから、いったいなぜ統一的な組織が必要なのか、新体制運動の文化政策をどのように理解するのかといったことについてはほとんど触れられてはいない。すべてが時局に対応する文学者の義務として語られているのである。

このような語り口は『文学の新体制』においても基本的に同じなのであるが、こちらはいっそう熱のこもった文章になっている。大政翼賛運動に対する積極的な評価が表明されており、『日本文学者会の成立』以上に踏み込んだ表現になっているからだ。

私たちは、もっと積極的に、協力の心構えでなくてはならないと思う。それは、根本的に、大政翼賛運動そのものに対する認識から来ている。翼賛運動は、国民が挙げて協力せねばならぬ国民運動である。大政翼賛会は、そうした国民運動の推進機関で、そうした翼賛会の仕事に対しては、私たちは、うまくやってくれ、といった消極的な態度ではなく、積極的に協力する心構えでなくてはならない。翼賛会の文化面での仕事に対しても、同様であることは言うを俟たない。

高見が仮に自分のまわりの状況に気をつかっているとしても、この文章を見れば、大政翼賛会の運動を無条件に評価し、積極的に協力しようとしている姿勢を読み取る以外にないだろう。また、「日本文学者会」の結成についても、「挺身的決意からしたことである」とし、「文学革新運動とともに行われる文学者組織の一元化でなくては、ほんとうでないと信じている。革新運動を伴わない一元化——単なる文壇の一元化は無意味である」とまで述べている。

単なる文壇の一元化ではなくて、革新運動を伴った一元化とはいったい何だろうか。これらの文章から窺える革新運動とは、端的に言えば、大政翼賛会運動に賛同し、その趣旨に沿って文学を建て直すということにほかならない。同じ時期に『転換期に於ける作家の覚悟を問われて』『「小説の運命」を問われて』といった文章も書いているが、これらの文章に示される表現には、たとえば「日本文学の再建設」「新文化建設」「文学者の自己反省、自己革新」といったことばがくり返され、これこそ「革新運動」の別の表現にほかならないのである。これらの用語は、いわばスローガンのようなもので、時流に妥協しているにすぎないとも言える。ところが、『「小説の運命」を問われて』においては、実はたいへん重大な問題が書かれている。それは小説における人間の描き方という問題であって、本来簡単には扱うわけにはいかない性質のものなのであるが、高見はごく簡単に言い切っている。すなわち、「今日普通小説と考えているものは、近代的デモクラシーの文学的産物」であって、文学における人間観は「人間解放、人間平等のデモクラシー的理念によって支えられたものであり、今までの小説の人間探求は、そうしたデモクラシー的人間観によって貫かれていた」というのである。一方で、これまでのどんな小説も人間の弱点を通して人間を描いてきたと言い、そのような方法を転換する必要があると主張している。すなわち、「問題は、人間の弱点を通して人間性を探求するという、旧時代的な人間観からの文学の解放、即ち小説に於ける人間観の転換ということである」。

このように、昭和十五年の後半にいたって、何事にも慎重な高見としてはかなり大胆で積極的な発言をしているように思われる。それは、時流に迎合したり、妥協したりするような意見表明と映るかもしれない。しかしそれだけだろうか。

これまで、序章から第三章まで辿ってきたように、『故旧忘れ得べき』『如何なる星の下に』と書き続けてきた高見は、次の創作へと移るためのある種の模索段階にあったのではないか。創作上の模索の時期と翼賛運動の時期とが高見個人のなかで重なり合ったのではないか。そのヒントは、彼が画家三雲祥之助といっしょに、昭和十六年一月にジャワ、バリ島への南洋旅行に出かけたことに見出されるように思われる。

2　ジャワ紀行

高見は、昭和十六年一月二十七日に、貨客船ジョホール丸に乗船して神戸港を出港し、ジャワ、バリ島へ向かった。およそ半年間の、初めての外国旅行であった。昭和十六年一月といえば、ヨーロッパでは第二次世界大戦のさなかであり、アジアでもいつ大戦が勃発するかわからないような緊迫した情勢下ではあったが、まだ行けるあいだに出かけたいという気持が強かったようだ。二月六日の『日記』には、ジャワ行きを決心した理由について、こんな記述がある。

> 南へ行きたいと思い出したのは、いつの頃だったろうか。私がまだ映画会社の東京発声の嘱託をやっていた時分、キャメラマンが南洋へ行くという話を聞いて、一緒に行きたいといったのを覚えている。あれは昭和十二年だったか、十三年だったか。鮮やかな色彩にあこがれていた。灰色から抜け出たかった。――事実、真赤な大きなはげしい花などを見たいと思ったが、そういうことは私の気持ちのいわば、象徴といえる。（中略）

――私は、たしかに行きづまっている。何か新生面をひらかねばならぬ。そのための蘭印行だとも思うのだった。はたしてこの旅で私の心がひらけ、私の文学の新しい面がひらけるかどうか、それはわからない。しかしひらけるかもしれないという希望は持てる。かくて出て来たわけである。

日本全体を重苦しく覆っている「灰色」と、南洋の「鮮やかな色彩」とが極めて対照的に描かれている。この「灰色」と表現されている日本の状況が彼の「行きづまり」の主要な原因となっていることは間違いない。しかし、その原因が彼を取り巻く時代状況とだけは言い切れない。「文学の新しい面」が開かれるかどうかは、作家としての創作上の問題であり、作家の内面の問題でもあるからだ。このことを考える上で参考になるのは、戦後に書かれた長編『この神のへど』（昭和二十八年）である。

この小説では、主人公であり物語の語り手でもある「私」は、伊村という名前の画家である。画家である「私」が、作家の榊原といっしょにジャワ旅行に出かけたときの精神上、芸術上の理由について、次のような説明がある。

……ジャワ行きは、ひとつは自分の仕事の行きづまりを打開したい為のものだったということは既に述べた通りだが、その行きづまりは、太平洋戦争前のあの、制作欲はおろか、芸術そのものをも圧殺するような外的条件だけが原因だったのではなかった。私の制作欲の衰えには私自身の内部に遠く深い、、、、原因があった。反リアリズム絵画というものに私の絵画的出発があることは、これも既に述べたが、その芸術理論をマルクス主義理論に粉砕されるとともに、リアリズム絵画が私のなかに入ってきた。そうして私が所謂実際運動の戦列から落伍して自分のアトリエに戻るというと、それまでリアリズム理論によって心の片隅に押しやられていた反リアリズム絵画が、押しやられても押し潰されてしまわなかったと見えて、再び頭をもたげてきた。

主人公を作家ではなくて画家と設定しているので、ここではリアリズム絵画と反リアリズム絵画の方法論上の葛藤として芸術論が展開されているのだが、絵画と小説とを置きかえて読めば、当時の高見の心境が反映されているように思われる。彼の制作欲の衰えの原因は、「芸術そのものを圧殺するような外的条件」だけではなくて、彼自身の「内部」にもあったのである。

ところが、同じ戦後に書かれたものでも、『盛衰史』の記述では、趣旨が逆転している。

パリにながくいた三雲祥之助は、ある年、パリで開かれた植民地展覧会でバリー島からはるばるやってきた美しい踊り子たちの踊りを見て、その素晴らしさに打たれたと、あるとき私に言った。それを私は思い出して、

「バリー島へ行きたいですね。行きましょうか」と言うと、彼も一も二もなく、

昭和十五年の後半の息苦しい空気のゆえだった。

「ぜひ、行きましょう」

と賛成した。彼のバリー島礼賛の言葉を私が思い出したのは、そしてバリー島行きを思いたったのは、昭和十五年の後半の息苦しい空気のゆえだった。

ここでは作者の創作上の問題はまったく触れられてはおらず、もっぱら時代の「息苦しい空気」だけが取り上げられている。この「息苦しい空気」という表現は他の箇所でもくり返されていて、たとえば、中島健蔵の『昭和時代』で述べられている「ブラック・リスト事件」に関連して、「昭和十五年の冬あたりだったのではないかという気もする。あの冬は私の記憶では息のつまるような感じだった。それで私はジャワ行きを決意したのだが……」と書かれている。客観的、歴史的に見れば、『盛衰史』の記述の方が理屈に合っているように思われるが、いずれにしても、高見を取り巻く時代状況、そのなかで創作上の「行きづまり」に苦しんでいる小説家の姿、そのことを強く感じさせられる。

ジャワ、バリ島への旅行を機会に日記をつけ始めた高見は、各訪問地の風物を精力的に書き綴っている（『日記』第一巻「渡南遊記」）。そして、各紙誌に発表した文章はエセー集『蘭印の印象』（昭和十六年九月）と短編集『諸民族』（昭和十七年二月）などにまとめられた。その旺盛な筆力には瞠目すべきものがあるが、昭和という時代と作家との関わりに関心を持って論を進めている本書としては、いくつかの点にしぼって高見のジャワ紀行を見ておくことにしたい。

エセー『蘭印の印象』の冒頭はこう書き出されている。

南洋の土人（高見は戦後出版した『日記』のなかで、今日のインドネシア人に対して差別的な表現があるが当時のままにしておくと断り書きをしている）というと、蘭印へ行く前には真黒な野蛮な土人が椰子の下ではだしで踊りでも踊っているように愚かしくも想像していたものだが、いま帰りの船のなかで、和蘭治下のインドネシアの土民姿を思い浮かべてみるのに、一番強く鮮やかに来るのは、ジョンゴスとしての土民の姿である。Djongos ――馬来語で、ボーイ、下男のことである。これが、何か蘭印土民の代表的な象徴的な姿のようにさえ思えるのである。

高見にとって、このときのジャワ渡航で最も強いショックを受けたことは、オランダの植民地下におけるインドネシア住民の生活実態であった。彼は、白人による植民地支配を精いっぱい強いことばで非難している。

この日本人とよく似たインドネシア人を、誰が、このような憐れな恥ずべき卑屈さに落としたのであろう。なんとも堪らない気持ちだった。その卑屈さは、慇懃を通りこした所の表現的なものというより、身にすっかりしみつき、血のなかにも流れている肉体的なものであることを、見た眼に直ちに明らかにするものだった。同じ人類が、人類をこのような卑屈な人間に人為的に変えて了うとは、――人類への許しがたい罪悪。

彼が現実に目にしているのは、オランダ人のインドネシア人に対する冷酷な支配の実態である。それを厳しく非難することはまぎれもなく正しい。しかし、その非難は、わが国の海外進出政策に向けられることはなく（それは当時の状況としては、たとえ気がついていたとしても表現不可能であったとも言えるが）、むしろ高見は、日本自体がインドネシアのような被支配の立場に立たされるようなことがあってはならないと考え、アジアにおいて欧州人並みの「一等国民」として扱われている日本人の「有難さ」を誇ることさえしている。エセー『蘭印点描』のなかで、移民局で経験した、人種による差別待遇の様子をこんなふうに書いている。

勝手の分らない私は、支那人の集っている部屋へ行ったところ、案内の人は、こっち……といって、受附の立っている入口の柵を自分でさっさとあけて、狭い部屋の方へ入って行った。その狭い方には、ちゃんとした椅子がそなえてあり、テーブルもあった。そこは「欧州人」の控室、広い方は土民ので、支那人は土民なみの待遇なので、そこで待たされるのである。こういう差別待遇に会うと、国の有難さをしみじみと感じさせられる。（傍点原文のまま）

日本人が「欧州人」と同等に扱われているという「国の有難さ」をことさらに強調しているこの一節は、当時のわが国の時代風潮に迎合したことばとして受け取れないこともない。ところが、日本人がアジアに対して抱いている優越感や差別意識は、もしかしたら本来的なものではないか、ということについての反省や後ろめたさといったものに高見の心が揺れ動いているのも事実である。同じ時期に書かれた短編『諸民族』では、まさにこの「揺れ動く心」が一つのテーマとさえなっている。

バリ島で乗り合わせたバスのなかには、欧州人もいれば、インド人、中国人、現地人、それに日本人もいる。主人公の「私」は、それまでバスのなかで、隣席の現地人から中国人と間違えられているのではないかと憮然としていたのであるが、現地警察が差し出した手帳に日本人と書くことによって、自分が中国人ではないことを誇示する。そのときに生起する主人公の精神的な揺れ動きが次のように描かれている。

（よく見ておき給え。僕は日本人だぜ。ざまァ見やがれ！）

次の瞬間、私は自分の浅間しさにぞッとした。そんな自分が悲しい位だった。

——私は、自分が日本人であることは、大いに知って貰いたい。バスの中の諸民族に、篤と認識して貰いたかった。日本人であることを私は、ほんとうに誇りにしている。その誇りを、異国へ来て、私は今更ながら大いに強めたのである。日本に生まれたことの有難さ、日本人であることの仕合せをしみじみと知らされた。

そういうことを、私は浅間しく思ったのではなかった。それはそれで宜しい。立派なことだ。ただ、だからと言って、支那人を軽蔑したりジャバ人を侮蔑したりすることは、私にはひどく浅間しく思えた。そんな自分の感情にぞッとしたのだ。


『諸民族』はあくまでフィクションであるから、バスのなかのでき事も実際にあったことなのかどうか定かではない。だが、現実にあったかどうかが問題なのではない。テーマをはっきりさせるために作者によって描かれた状況設定であることが大事なのだ。自分が「ひどく浅間しく思えた」り、「自分の感情にぞッとした」のは、主人公がそれだけ強い反省の気持を抱いているからであり、知識人としての自省的特徴を示しているとも受け取れる。しかし、中国人やインド人を軽蔑したり侮蔑したりすることがなぜ非難に値するかということの理由を、小説は続けて、「浅間しいというより、それはいけないことだ。絶対いかん。何故なら、日本はいま支那と戦争はしているが、それは東洋の大きな平和のための、そして日支提携のための戦いだ。提携しなくてはならない相手を軽蔑していいだろうか」と書いている。

昭和十六年当時、すでに四年目を迎えている日中戦争が日支提携のためであるという「神話」を、知識人たる高見が真面目に信じていたのだろうか。

昭和十六年前半期に実現したジャワ、バリ島旅行は、高見がアジアの植民地の実態をつぶさに目撃し、アジアにおける日本の立場を再認識し、日本の将来についてを考えざるをえない機会となった。それはこれまでにない貴重な体験であったが、それと同時に大事なことは、彼がこの体験全体を通じて、自己の文学についてどのように捉え直すことができたのかということである。

3　文学非力説

高見は五月六日にジャワから帰国すると、月末に『文化の僂さ』（原題『蘭印から帰って』）を新聞に発表した。いわゆる「文学非力説」の最初の発言である。「文学非力説」について論じる前に、まずは蘭印から帰ったときの感想に触れておかねばならない。『文化の僂さ』はいきなり次のような文章で始まっている。

――まことに索漠たるものであった。何か心がペカペカに乾き、荒れ果てている。こんな筈ではなかった。すっかり期待はずれで、――ジャワへ行く前は、南洋の持っている（と想像した）健康的なもので心はみづみづしくすこやかにしたいと意気込んでいた。それだけ、私の、南洋というものに対する認識が、貧しく甘ちゃんで、空想的であったともいえるが。（中略）とにかく帰りの私の気持ちのザラザラした埃っぽさといったらなかった。

ジャワ、バリ島旅行で味わった精神の状態を、「心がペカペカに乾き」とか「私の気持ちのザラザラした埃っぽさ」といった、いかにも感覚的、情緒的な表現で語っているが、それは、彼が南方の国に期待した「鮮やかな色彩」や「真赤な大きなはげしい花」がいかに空疎なあだ花であったかを思い知らされたことを示すものであった。高見は精神の「行きづまり」を打開し、文学上の「新生面」をひらくために南洋旅行を決断したのであったが、それは予期せぬ事態をもたらす結果になった。「文化の儚さ」という認識にほかならない。こうして、このザラザラした心の状態は、文学の「非力」をめぐるやりとりで、昭和十六年いっぱい続くことになったのである。

彼がジャワで直面したのは、オランダの植民地支配によって自らの文化の伝統を奪われた民族の悲劇にほかならない。それゆえ、「文化の儚さ」とは、簡単に言ってしまえば、政治的、経済的な植民地支配の下では文化もまた成立しえないということである。独自の文化は民族の独立があって初めて存在しうるという認識である。

私は文化の儚さをしみじみと知らされたのである。文化の、よってもって育つところの土台を根こそぎやられては、文化もへちまもあったものではない。文化は残ると言っても、その土台が失われては、残骸としてしか残らない。遺産として残るべき土台がそこにあって、初めて見る人に喜びを与える。今から想えばそうした文化の土台をともすると見ないで、文化と言った場合もある私だけに、その儚さは痛烈に迫った。

文化を守るためには文化の土台を守らなければならないが、それでは、文学がどこまで文化の土台を守るための役割を果たすことができるのか。ジャワの現状を目撃してきたばかりの高見は、この点で極めて悲観的にならざるをえない。文学などというものは何かの足しにはなったとしても、しょせん非力で儚いものにすぎないのではないか。「文学非力説」はこのような認識から出てくる。民族の独立といった政治的課題を突きつけられたとき、文学にどれほどの力があるのか、と問いつめれば、たしかに「非力」だと答えるほかはないのかもしれない。

ところが、この「文学非力説」には、もう一つ別の狙いがあった。むしろ、こちらの方が、高見にとってはより切実な目的であったとも言える。彼は日本の現状に視線を移し、蘭印から帰ってみると、「なんだかひどく景気のいい文学論の台頭が感じられた」と書き、「やや誇張するなら、文学が大砲や飛行機と堂々と肩をならべられるほどの力を持ってでもいるかのような、強気の、まあそんな気焔が感じられる」と、挑発的な発言をしているのである。明らかに、この発言は、文化の土台を問題にしたそれまでの論調とはおもむきを異にしている。蘭印旅行に出かける前に「日本文学者会」への積極的な参加を呼びかけていた高見が、半年ほど日本を留守にしているあいだに、よほど文学界の様子が変化してしまったのか、それとも半年の旅行で高見自身の日本社会を見る目が変わってしまったのか。それにしても、オランダの支配下にあるインドネシアの「文化の儚さ」を問題にしながら、返す刀で、あまりにも政治主義的、戦争賛美的になっている日本の文学の実状を批判しているところに高見のしたたかさを感じずにはいられない。昭和十六年の半ば、言論の総動員体制が強まるなかで、それは精一杯の文学者としての抵抗と言えなくもない。彼はこの『文化の儚さ』というエセーを、次のようにしめくくっている。

　文学を非力とするのは、卑怯や卑下や逃避でなく、文学の、ささやかながら然し大事な働きを知ることである。文学が何か実際的な直接的な強い力を持っているかのように説く景気のいい文学論を、私は、どんなものかと先に言ったが、そういう私だって文学強力論に心が傾いた時はあった。だが蘭印から帰って、まだ気持ちが落ち着いていないが、私の心を今のところ捉えているのは、文学は非力だということであり、非力のうちにこそ文学の大事な使命があるということである。

　彼はこう書きながら、蘭印へ出発する前に発表した、「日本文学者会」への積極的な参加を訴えた自らの文章を思い起こしていたことだろう。それゆえ、「文学強力論に心が傾いた時」が存在したことを反省しているのである。

　それでは、この「文学の大事な使命」とはいったい何か。高見は、ほぼ同じ時期に執筆した文字通り『文学非力説』というタイトルのエセーのなかで、そのことにやや具体的に触れている。すなわち、「文学に於ける偉大なるものの小ささ、即ち文学の非力を通して仕事をするとなると、唐突でなく自然に結びつくのは、当然結びついて考えられ考えねばならぬものは、生活に於ける小なるもの、その小なるものの偉大さということになるのである。生活に於ける小なるもの、そこに非力な文学の自然な対象があり、それを取りあげることのうちに、文学ならではの仕事があるのだと思う。そこに文学のつとめがあるのだと思う」。

「生活に於ける小なるもの」とは、いかにも高見らしい皮肉な言い回しだが、それは、「国への奉公ということに於いて文学はどうして強力なものであると景気のいいことを言って」いるような連中に対して投げつけられた皮肉である。

しかし、このような文章が仲間うちから見逃されるはずがない。攻撃の急先鋒は尾崎一雄であった。尾崎は「敵性」ということばを使って恫喝に近い警告を発したのであるが（『決意について』）、それがどれだけ厳しい攻撃の意味を持ったかは、現在では想像もつかないほどである。高見は戦後の文章のなかで（『盛衰史』第二十三章）、それがどんなに「致命的」なものであったかを次のように語っている。

「文学の純粋さを文壇的伝統の中に守ろうとする態度が残存しているとしたら、それが単に独善的であるというだけでなく、ジャーナリズムの歪んだ性格と抱合することによって自由主義のもつ敵性に気脈を通ずるものであるということを知らねばならぬ」と言われたときは、私は参った。敵性の自由主義者だと烙印をおされたら致命的である。

この当時、同じ文学者仲間から敵性に気脈を通ずるものという烙印を押されることの恐怖感といったものは、平成時代に生きるわれわれの想像の域を超えているのである。

こうした攻撃を受けて、この年の十月には『再び文学非力説について』を発表して、弁解にこれ努めている。その弁解は二点にわたって「国家」を強調することにあった。第一は、文化よりも国を守ることに重点が移動していることである。高見の表現をそのまま用いれば、「文化だなんだと言っても私たちにとって一番大事なことは国を守ることだと思った」と言い、「どんなことをしても国家というものは守らねばならぬと感じさせられた」と言っている。「文化の儚さ」を訴えた当初の論調が「国家を守ること」へと比重を移していることは明らかである。

第二は、「国家と文学という観点から文学を考える」という場合の国家と文学の関係の逆転である。高見は『再び文学非力説について』のなかでは、その関係の変化を弁解の口実にしている。すなわち、「国家を守る力に於いて文学はどの位の力があるのかと考えさせられた。等しく国家と文学の観点でも、文学を通して国家を見るのではなく、国家というものから文学を見る、そういうように違ってきた」と書いているのだ。「文学を通して国家を見るのではなく、国家というものから文学を見る」という逆転の発想こそ、高見がこの時代の風潮に対して行なった最大の妥協、作為的な弁解にほかならない。

こうして、いったん国家の論理を優先させてしまうと、文学が本来持っている批判的な目が失われるだけではなく、ついには、文学無用論にまで行きつきかねない。現に高見はこう明言している。「時が来たなら、文学の能力というより、文学者の能力で国につくせる仕事に赴くべきだ」と。

そして、われわれが検討しなければならないのは、このような発想の逆転によって、彼の小説作品がどのように変わったのか、それとも変わらなかったのかということである。これについては、長編『東橋新誌』をめぐって、改めて検証することにしたい。

4　徴用作家としてのビルマ体験

高見順の厖大な量の日記のうち、戦時中のものを見ていると、「昼、特高係来る。十数年前のあやまちのために今だに――。神経質の自分は、ために終日気分暗し」（昭和十八年十二月二十九日付）といった記述に出くわして、おやっとびっくりさせられることがある。

高見は、昭和八年二月に起訴保留処分で釈放されたが、「疑似転向者」と見なされて特高の監視下に置かれていた。実際にどの程度の「監視」だったのか、詳細はわからないが、予告なしにいきなり「訪問」してくる特高の姿に、本人とすれば、不気味な警察の影にいつまでも付きまとわれているという意識を拭い去ることができなかったに違いない。それが事あるごとに意識の表面に出てくるのである。それゆえ、高見が「徴用令」によって陸軍報道班員として動員されたときのことを、「娑婆で暗い不安なおもいをしているより、いっそ、こういうなかにいた方が、まだましだと私は思った。きっと武田麟太郎なども、やれやれ、これで助かったといった気持にちがいないと私は思った」(『盛衰史』)という文章は、「思想犯保護観察法」(昭和十一年五月施行)にもとづく「監視」の事実を知らなければまったく理解できないものだろう。『盛衰史』の言う通りであるとすれば、徴用令による動員は、高見にとっては忌避すべき事態ではなかったということになるが、反面、「白紙動員」に対する高見特有の強がりと受け取れないこともない。

こうして、昭和十六年十一月二十二日に、大阪の中部軍司令部に出頭を命じられた高見は、他の多くの文学者、画家、カメラマン、新聞記者などとともに陸軍報道班の一員として入隊する。一〇日間ほど出発の準備やら家族との面会で過ごしたあと、十二月二日に大阪港を出港し、一路ビルマ(彼らにはまだ行く先は知らされていなかったのだが)を目指した。

十二月八日の日米開戦の報道は香港沖の船上で聞くことになるが、この日の日記には極く簡単に「朝食を取ろうとしていると、ラジオが日米間の交戦をつたえる。折から香港沖合を航行中。一同厳粛な表情」とある。この「厳粛な表情」は、船中で発行されていた『南航ニュース』という手書きの新聞(『日記』第一巻にはそのコピーが載っている)の日米開戦特集によって知ることができる。そのなかで高見は、「来るものが来た。運だめし」と極く簡単に書いているだけである。ちなみにマレーに向かって同船していた井伏鱒二は「こうなるようになったと思う。もう少し早く発てばよかった。風邪をひいて頭が重いせいかショックというようなものは余り感じなかった」と書き、里村欣三は「来るべきものが来たのみ。徴用令を貰った時と同じ感じである」としている。しかし、戦後に書かれた『盛衰史』には、このときの気持がもっと詳しく回想されている。

あの瞬間は私も、日本が非常に悪いことを仕掛けたという自覚はなかった。やった――と飛び上ったり、しめた――と欣喜雀躍する、そういうことでは、もちろんなかったが、しかし、私も、スーッとしたような気持だったことはたしかだ。

そしてさらに、

天佑ヲ保有シ萬世一系ノ皇祚ヲ践メル大日本帝国天皇ハ（以下略）」で始まる宣戦の詔勅、あれが私に与えた、なんとも言えぬもの悲しいおもいを、いまも私は思い出す。それは私の心にひそむ戦争反対、戦争憎悪の気持からのものでもなければ、戦争謳歌、開戦歓迎の気持からのものでもない。日本というものが、なんとも言えず悲しい、そうした悲しさへと私の心を誘って行くもの悲しさなのだった。

「戦争反対、戦争憎悪の気持」でもなければ、「戦争謳歌、開戦歓迎の気持」でもない「もの悲しさ」とはいったいどういう気持を指すのだろうか。この文章はもちろん戦後になって書かれたものであるから、その当時の気持が直接的に正確に表現されているかどうかを問うこともできようが、ここでは、これは高見の苦心の表現であると理解したい。なぜなら、本質的な性向として、あれかこれかの極端な傾向を避けるのをつねとした高見は、戦争に賛成か反対かのどちらかを極論する前に、その問題が自分の心にどんな気分をもたらすかを素直に言い表そうとしたのだと思われる。「もの悲しさ」とは、何ともやりきれない、重たい気分である。「来るものが来た」という、歓迎とも諦めともつかぬ、圧倒されるような気分なのだ。しかし、もの悲しい気持のままで激闘の戦場に加わることはできない。

十二月十八日、サイゴンに到着。ここまではビルマ組とマレー組はいっしょだったが、ここで二班に分かれ、十二月二十九日には高見たちのグループはタイのバンコクに立ち寄った。そして、ビルマに着くと直ちに、本来の任務である戦闘報道の仕事が待っていた。こうして、ビルマ南端の町ヴィクトリアポイント付近でイギリス軍と交戦した古月小隊についての戦闘報道「古月小隊長奮戦詳報」が「高見宣伝班員手記」として当時の日本の新聞に掲載されたのをはじめとして、各紙誌に現地からの報告を発表する。それらは「現地通信」として、のちに『ビルマ記』（昭和十九年二月）にまとめられるが、昭和十七年中に発表された高見の文章は、当然のこととはいえ、まさしくビルマからの「現地通信」だけである。

高見が帰国するのは昭和十八年一月であり、およそ一年間ビルマに滞在したことになる。その間陸軍から「給料」を貰っていたのだから、彼の主要な任務は、陸軍の報道班員として、ビルマでの日本軍の奮闘ぶりや活躍の様子を本国へ書き送ることだった。したがって、どうあがいてみても、日本軍に協力的な現地報道しか書くことができなかったという厳然たる事実を否定することはできない。

ところで、『ビルマ記』には、「現地通信」とは別に、日本に帰国してから昭和十八年中に発表された一七本のエセーが『ビルマ雑記』として収録されている。また、『ビルマ記』以外に、『ビルマの印象』と題して執筆した共著もある。それらのエセーにはビルマやビルマ人についてのさまざまな感想が綴られていて、現地で一年間生活を味わったアジアの民族について、高見が強い関心を持っていたことがわかる。そこには、とかく占領者が現地人に対して示しがちな高圧的、侮蔑的な態度は見られず、逆に、イギリスの植民地支配に対する告発と、日本軍による「解放」ということが随所で強調されている。たとえば、ビルマ人が背広を絶対に着用しないことについて、「洋服への反感は即ち洋服を着てビルマに現われビルマを支配していた英国人、洋服によって象徴される英国の支配に対する憎悪に他ならないのだった」(『ビルマの印象』)と書いている。そして、イギリスの支配への憎悪が、逆に日本への信頼感につながるとして、こう書いている。

ビルマ人が英吉利を憎んでいたその排他的な感情、坊主憎けりゃ袈裟まで憎いの言葉どおり、洋服ま

で嫌悪していたその激しい排他的感情は、そのまま大東亜の指導者たる日本への信頼尊敬と結びついたものだった。（同前）

ここで留意しておかなければならないのは、高見が戦時中、「大東亜の指導者」ということばをしばしば用いていることであり、どうやら本気でそう思い込んでいたらしいということである。だから、一見して傲慢とも思えるこんな表現も用いられることになる。「我々はビルマ人をいたわり、これを指導して、東亜共栄圏の立派な民族のひとつに育てあげなくてはならない」（『ビルマ雑記』）。「大東亜の指導者」意識は、おそらくその当時の多くの日本人が抱いていたアジアへの優越感の端的な表現であって、高見だけに特徴的なものではないのだろう。そうであるとしても、良心的な知識人であった高見の用いることばとしては、決して容認されるべきものではない、とだけ言っておきたい。

さて、高見が克明に記していたビルマでの日記を読むと、彼が意識的にビルマの作家たちと接触を持とうとしていたことがわかる。たとえば昭和十七年八月二十七日には、「かねて私は、ビルマの作家たちに会ってみたいと思っていた。ペー・シー君の紹介でキン・キン・レイという女流作家の旦那さんに会った。（中略）いろいろ話をきいた。これをきっかけに次々に会いたいとおもったが、デングで倒れ、その後おっくうになってやめたが、偶然ウー・ラー君に会ったので、この機会にいろいろ会ってみようとおもった」と書かれているし、八月三十日には、「朝、班長に『作家協会』のことに関し、指示を乞う」とある。「作家協会」とは、前出のウー・ラーを世話役として「ビルマ作家協会」を設立し、文学を通じて日本との友好親善を図ろうとするものであった。また、ビルマ人による「日緬文化協会」といった組織の結成についても援助したことが書かれている。

九月九日には朝日新聞ラングーン支局へ行き、「大東亜文学者大会」について話をしている。第一回大東亜文学者大会は十一月十一日に東京で開催の運びとなるが、準備委員会が当初招待を予定していたのは、満州国、中華民国、仏印、インドネシア、ビルマ、フィリピンの六カ国から三〇名であった。そのうちビルマの代表予定者は、ウー・ペ・ティエン（小説）、キン・キン・レイ（小説）、ウー・バ・シェン（小説）の三人であった。しかし、桜本富雄の『日本文学報国会』によれば、「招待状を発送する段階（一九四二年九月下旬）で、大東亜共栄圏内から広く招待する計画が挫折した。相手側に不都合があったりしたのである。『外地各地から欣然参加する旨の回答』があったわけではなかったのだ。（中略）共栄圏招待者は満州国、中華民国だけとなり、大会の主旨も『満州国、中華民国より代表的文学者を東京に招致し、我が国体の尊厳と皇国文化の高邁なる眞姿を認識せしめ大東亜戦争の目的完遂に挺身協力せしめんとす』と変更された」のであった。この大会への代表派遣の話がビルマへどのようなルートでもたらされたのか詳しくはわからないが、高見の九月十一日の日記には、「朝日、児玉君（朝日特派員）来たり、十四日までに大東亜文学者会議《ママ》に出席するビルマ代表の名前、閲歴等知らせよという無電がはいったという」とある。そして十四日には、文学者大会出席者について、「ウー・ラー君のほうからやって来た。十四日の実行委員会で左の三名を派遣と決定したと、タイプで打った書状持参。一、キン・キン・レイ、二、ウー・ラー、三、ウー・チー・モン。キン・キン・レイ女史が行くといいとおもっていたところなので、この決定を見て自分は非常にうれしかった」と書かれている。

この経過を見れば、ビルマの作家たちは日本の要請を受けて、大東亜文学者大会への三名の代表派遣を九月の段階で正式に決定していたことがわかる。しかし、ビルマ代表の参加は実現しなかった。そのことについて、高見はその後の日記にただ一箇所だけ、十一月二十九日に、「新しい新聞が来たといい、それを見ると、大東亜文学者会議《ママ》がすこぶる大きくあつかわれているという。ウー・ラーをやれなかったのが残念。何か私がいい加減なことをいったようで、気がとがめる。会議のことウー・ラーにはなす」と書いている。これを見ると、ビルマ代表が参加できなかったのは、「相手側に不都合があった」わけでもないことになる。

大東亜文学者大会などといった催しが企画され、それに参加する人々は、それぞれに複雑な思惑を持っていただろうと想像されるが、尾崎秀樹の『近代文学の傷痕』では、参加者を六つに分類していて、その一つに「アジア民族の独立とその文化的連帯に積極的な意義を認め、大会にもそれを見ようとする人々（主として参加しなかった南方共栄圏諸国の文化人たち）」を挙げている。したがって、参加できなかったビルマの作家たちからすれば、この大会は、自分たちの民族の独立と、日本との文化的連帯の可能性とが期待できるものとして映っていたのかもしれない。少なくとも、これまで見てきた高見の

『日記』にはそのことを予想させるものが窺われる。

高見はビルマの戦地から、東京で開催された第一回大東亜文学者大会に少なからぬ関心を抱いていたことがわかる。ビルマの作家たちのなかから、この大会に代表を派遣する計画についても、直接の交渉窓口ではなかったにせよ、側面から協力している様子が感じられる。おそらく、高見のなかには、「大東亜の指導者」としての日本とビルマとの文化的連帯ということが念頭にあったと思われる。

大東亜文学者大会は全部で三回開かれているが、第三回は、昭和十九年十一月十二日から三日間、南京で開催された。ちょうどこの時期に、二度目の徴用作家として中国に滞在していた高見は、阿部知二らとともに現地から参加し、大会二日目（十一月十三日）に、四つのテーマのうちの一つ「如何ニシテ大東亜諸民族ノ文化水準トソノ民族意識ヲ高揚スベキヤ」について報告している。この大会の報告特集ともいうべき『文学報国』第四三号（昭和二十年一月一日）には簡単な報告要旨が紹介されている。高見の報告の要旨は、「陸軍報道班員としてビルマ戦線従軍の体験を通じて把握せる大東亜民族の同志的信頼感及び同族的愛情を説き、東亜諸民族の文化水準の向上も民族意識の昂揚も、大東亜戦争の必勝に俟つのみと断ず」（同紙による）といったものであった。

この日の高見の日記はかなり事務的な記述に終始しているが、なかに「日本人はことごとく原稿を持って演説をする。演説が下手。中国人はメモだけで演説をする。身ぶり豊かなうまい演説振りだった。（自分はしゃくにさわったからメモも持たずに、やった）」とある。しかし、演説の内容についてはまったく触れられてはいない。そもそも半年間の中国滞在中に、彼の『日記』は中国戦線での日本軍の動向についてはほとんど関心を示しておらず、また、ビルマのときとは違って、この間中国に関して文章化したものは何もない。『日記』に登場するのは、その多くが、中国に滞在するさまざまな日本人の消息ばかりである。

5　『東橋新誌』
――戦時下の庶民生活――

『東橋新誌』は、太平洋戦争のさなか、昭和十八年十月三十日から十九年四月六日まで『東京新聞』に連載された。高見は連載を書き終えたあと、先に触れたように、二度目の陸軍報道班員として中国へ出かけたのだった。連載が始まる直前の十月二十六日の『日記』には「東橋の予告出る」とあり、わざわざ新聞の切り抜きが添付されている。そこにはこんな紹介記事が見える。「ビルマ戦線より帰還約一年、決戦段階に入った銃後国民生活への真の精神の糧、戦闘配置への血となり肉となるべき文学報国に、専念し来った氏が茲に漸く構想成って読者に相見える力篇である」。昭和十八年十月の時点では、新聞社としては「決戦段階」とか「戦闘配置」といった勇ましい戦時用語を用いて宣伝しているのは当り前のことだろうが、そのことと、作者自身がこのような性格の小説を書こうとしたかどうかは別問題である。しかし、作者としては、目には見えない読者の期待が奈辺にあるかを、このような宣伝文から感じざるをえなかったのではないかと推測される。そうした読者の存在を意識したこの新聞小説は、物語の展開と小説の語り手との二つの点で、冒頭の部分からはしだいに変転してゆくことになる。

結論を先に言えば、『東橋新誌』は戦争協力的な小説である。戦時中の戦争協力については、のちに高見自身も語っていることであって、特に驚くべきことでもない。昭和三十四年一月に『戦争責任の再検討』という文章があって、そのなかで、

> 私は去年『文藝春秋』に、昭和二十年の敗戦前後の日記（編集部による抜粋）を発表した。今度、それに未発表の部分も加えて、単行本として出版するが、これには私の戦争協力の姿がはっきり出ている。恥にみちた過去の姿をあえて自己暴露するのは、戦争責任の問題を、われひとともに、今のように曖昧にしておいてはならないと私は考えたからである。

と書いている。高見のこの文章は、鶴見俊輔らの雑誌『思想の科学』の特集に触発されて、戦争責任の問題を自分自身のものとして考えるべきだという発想の下に書かれたものである。それゆえ、本書も、ただいたずらに『東橋新誌』の戦争協力的な姿勢を批判するために書くものではない。むしろ、この小説の構造的な特徴を、物語の展開、語り手の変貌という二つの面から見ていくことを狙いとしている。

『東橋新誌』の物語は、東京の墨堤にあった銅像（軍靴の製造に従事した西村勝三の銅像）にまつわるエピソードから始まる。語り手の「私」は、少し前にこの西村勝三についての短編小説を書いたこともある作家なのだが、読めばわかるように、「私」は二重三重の意味で物語導入のための役割を果たしているだけなのである。つまり、「私」は一人称小説における主人公の「私」としてではなく、あくまで作者の代弁者としての「私」にほかならない。言いかえれば、私小説におけるフィクションとしての「私」ではなく、作者自身が「私」として顔を出しているのである。

「私」はまず西村勝三の銅像が無くなっていることに気づく。銅像は戦争のために「応召した」のである。つまり、小説の冒頭で、戦争遂行に必要なものは何でも動員されることがまず示される。次に、「私」は向島の川堤という物語空間の設定に関係する。「私」は浅草やその周辺を知悉していて、銅像が建っていたあたりに、この物語の舞台となる軍需工場を設定している。そこで初めて、物語の実質的な主人公のひとり川辺利太郎の登場となる。この人物はもとは靴職人なのだが、転業して産業戦士となり、△△製作所で働いている。この靴職人導入のために、銅像にまつわるエピソードが語られたというわけなのである。

このように手の込んだ導入部が示しているものは、物語の展開があらかじめしっかり構想され予定されているというよりは、作者が読者の反応を気にして、執筆しながら、その反応をじっと窺っていることを示しているように思われる。実際、戦時下にあって、読者がどのような反応を示すかに、高見はこれまでになく強い関心を抱いていた。『日記』のなかにも、「『東橋新誌』をよく読んでくれて、褒めてくれる、ありがたかった」（昭和十九年三月三日）とか、「東橋の最近回を褒められる。新聞にわざわざ鉛筆でしるしがつけてあって、ここはいいという。励まされる」（三月十二日）といったことばが散見されて、高見が読者の反応に敏感になっている様子が窺われる。さらには、連載中の昭和十八年十二月八日（太平洋戦争開戦の日）には、小説を中断して、次のような作者自身の胸中を告白さえしている。まったく異例のことだ。

宣戦の大詔を奉戴してより満二カ年の日を、ここに迎える。大東亜戦争も第三年目に入るのである。本日は、小説を離れて、一言、この日の感慨を述べさせて戴く。（中略）

苛烈な決戦の報道が日々に伝えられてくる。日々の新聞は、硝煙のにおいに充ちている。かかる時のかかる新聞に掲げられている私の小説は、かかる厳粛さに対して幾分油と水のごとき観を呈していわせぬか。愚かしい閑文学に成っていわしないかという反省に私は身を噛まれるのである。（中略）

かくて私は本紙から小説をもとめられると、決戦下の頼もしい庶民の、緊張のなかにも頼もしいゆとりを失わない生活、余裕綽々と決戦生活を送っている人々の姿、そうしたものを私は小説に書いて、そうしてその人々に送って、楽しんで貰って、日々の緊張のためのいくらかの慰楽に資し得たらと考えた。私の、それが、せめてもの勤めであろう。

太平洋戦争の決戦下で連載されている自分の新聞小説が、読者から受け入れられているかどうかを反省し、読者の日々の慰安に資したいという配慮に満ちた表現である。

物語は、先に見たように、転業した川辺利太郎が働いている△△製作所を中心に展開される。社長の桝谷源三は川辺とは素人義太夫の仲間であり、徴用工として働く「常さん」は寿司屋が本業であり、同じく徴用工の桐野政一は雑誌の校正をしていたインテリである。また、創業以来機械いじりにしか関心のない房田という職人も登場する。彼らは皆、戦果の報道に喝采し、戦闘機の部品増産に励んでおり、戦争に対する批判的な見方など微塵も持っていない。このほかの登場人物には川辺の近くに住む軽演劇の作者比良健介や、もとは支那浪人の古市慨道がいる。房田の娘俊江や古市の孫娘富美子、浅草の踊り子最上純子などの女性陣が桐野政一の交際相手として配置されている。まさに「決戦下の頼もしい庶民の、緊張のなかにも頼もしいゆとりを失わない生活、余裕綽々と決戦生活を送っている人々の姿」が描かれているわけだ。

ところが、△△製作所で働くこれらの人々とはまったく別の物語が後半で新たに開始され、読者を驚かせる。古市老人は隠遁生活を送っているが、もとは中国で活躍した支那浪人である。彼は、以前の知り合いに引っ張り出されるようなかたちで、戦乱の中国に再度渡る決意をする。しかし、孫娘を友人に託したところでこの長編は中断された。連載が未完で終わったのは、作者高見の事情ではなく、『東京新聞』の夕刊が廃刊と決まり、紙面を奪われたからである。高見は東京新聞社からの中止の申し出を聞き、三月七日の『日記』でその無念さを次のように表明している。

承知しましたよといって社を出たが、さすがに打撃は大きかった。書きにくいなかを、力いっぱい書いて来た。幸い、好評である。それに力を得て、一生懸命だった。二百回位頑張ろうと、筋を用意し、新人物も出してきて、これからという所だった。——苦しみながら、全心をうちこんできた仕事だった。人生はすべて此の如きものなのであろう！

ところで、中断されたこの物語は大きく三つの部分から構成されていることがわかる。中心部分をはさんで、最初の章と最後の章はかなり異質なのである。このあと詳述するように、当初は「私」を中心とした物語が構想されていたと想像されるし、また後半では、作者が当時最も関心を抱いていた支那浪人がしだいに表面に浮上してきたのではないかと思われる。

物語の展開の特徴は小説の語り方の特徴とも重なっている。すでに述べたように、この小説における語り手の「私」は、一人称小説で通常見られるような主人公の「私」とは異質であった。そのことを冒頭の一節で確認してみよう。

従軍から帰った当座、二三ヶ月というものは、机に向っている時間よりも演壇に立っている時間の方が多かった。公《おおや》けの命令、それに個人的な縁故による依頼もあった。私は、自分の口下手を十分承知しながら、十分恥じながら、しかしいずれの場合も、直ちにお引き受けした。（中略）私は自分が親しく眼にすることのできた前線の労苦を、そうして直かにできるだけ伝えたいと思った。私はそれを、ひとつの任務、ひとつの義務と考えたのである。（ルビ原文のまま）

普通の一人称小説であれば、ここに登場する「私」が主人公となる物語がこのあと展開されるはずである。ところが、あとを読んでいけばわかるように、この小説は「私」の物語ではなく、△△製作所で働く「産業戦士」たちの、戦時下の生活の話なのである。ここで「私」が果たしている役割は、この小説の作者がいったい何者であるかを示す自己紹介のようなものにほかならない。作者には従軍作家としての経験があり、前線での兵士たちの労苦を国民に語り伝えることを自分の義務と考えている、そのような作者の紹介に努めているのである。それゆえ、まるでマラソンレースで、最初は先頭を走っていた選手がいつの間にか後退してしまい、実況テレビの画面に映らなくなってしまうように、語り手の「私」は小説の表舞台からほとんど姿を消してしまうのである。それと同時に、「私」は不要なものとなり、物語は三人称小説の形式へと移っていく。

それでも、この「私」はたまに顔を出す。たとえば、先に引用した十二月八日の項では、こんな一節がある。

私がビルマで親しくした将兵の方々は、今もって前線で戦っておられる。赫々たる戦果、――これを、内地にある私が、ただ喜ぶのでは申訳ないのだ。戦果の蔭に幾多の英霊に感謝の合掌をたてまつらねば申訳ない。内地にある私たちも、ともに命を捧げて戦う決意を誓わなくてはならないのだ。

この「私」は冒頭の「私」とまったく同じ性格のものであって、「私」＝作者なのである。読者に毎日目を通してもらっている小説の作者は、一年前にはビルマで将兵たちと戦線の苦楽をともにした徴用作家であり、内地にいるいまも、ともに命がけで戦う決意を誓っている作家だということを示そうとしているのだ。「私」もまた、作中人物と同じように、そして新聞の読者と同じ立場に立って、国家のための文学を書いていると言うことである。

ところが、後景に退いていた「私」が再び前面に出てくるのは、古市慨道が活躍し始めようとする最終章である。「私」はどのように扱われているのだろうか。

だが、古市老とその紳士との間の会話には、たとえ読者はお忘れに成っても、私にとっては忘れることの出来ないものがあった。

ずっと気に成っていた。秘かに私は気を配っていた。私の忘れることの出来ないその会話に関連した言葉が、再び古市老なりの口にのぼる時のあるのを窺っていた。

このように、語り手である「私」は、物語の新たな転回にあたって、再び語り手としての重要な役割を演じていることがわかる。

以上の如く、『東橋新誌』を物語の展開と小説の語り手という側面から見てくると、この作品には大きく分けて、二つの特徴があることがわかる。

一つは、戦争を受け入れ、戦争に協力しようとする立場である。東京下町の町工場で働く人々は、戦勝の報道に喝采を送り、軍需品の増産に精を出す庶民である。しかも彼らは、日常生活を楽しく生きていく逞しさも備えている。作者は、自らの従軍生活を語りながら、そのような庶民の姿を肯定的に描き、ときどき彼らを激励するような表現も挿入する。

その一方では、作者は目下の戦争の経緯とは無関係に、幕末明治以来の靴製造の歴史について語り、また、支那浪人の活動する場面を用意しようとしている。それは戦争とはまったく無関係ではないが、しかし、物語作者本来の仕事を模索していることを窺わせる。

『東橋新誌』は、戦時下の新聞連載小説として、「国家というものから文学を見る」観点に立って戦争協力を進める側面と、小説をいかに構成するのかという、物語作者本来の仕事の側面とを何とか結合しようとして、結局中断された苦心の作品と言うべきであろう。

第五章　戦後小説の出発

1　戦後最初の作品『貝割葉』

フィクションには荒唐無稽なものもあれば、作者の心情がほとんど生《なま》のまま書き綴られる、フィクション以前とでも言うべきものもある。必要な心構えが十分できる前に、急き立てられるようにして筆を執ったということかもしれない。『貝割葉』はそんな作品である。『貝割葉』（昭和二十年九月『新女苑』）は、高見が終戦の八月十五日以降最初に発表した小説である。九月中の『日記』を見ると、この作品について何度か触れられている。最初に表れるのは九月二十一日で、「新女苑神山君来訪。これで三度目の来訪。『小説三十枚どうしても書いてほしい』雑誌原稿はなるべく書くまいと思ったのだが、前からの因縁を急には絶ち難い」とある。また、九月二十四日には「『新女苑』の神山君来る。小説原稿どうしても書けという」とあり、かなり書きしぶっている様子が窺われる。そして、九月二十八日の日記に「ヒロポンを飲んで徹夜。『貝割葉』三十枚。最近の心境を書いた」と記されており、この短編が九月二十八日の夜に書き上げられたことがわかる。

『貝割葉』という短編は「終戦から一月足らず、日向はまだ暑い秋晴れの午後」に起こったエピソードを中心に書かれている。主人公の健吉は作家であり、終戦を知らされたときの気持をこんなふうに素直に表現している。

――これで自由に小説が書ける。これからはもう書きたいことが書ける。恋愛はいかんの、悪玉は書いちゃいかんのといった馬鹿な禁圧は除かれるのだ。

「書きたいことが書ける」という自由や解放感は『日記』でもたびたび強調されているものであるが（たとえば九月三十日の日記には「これでもう何んでも自由に書けるのである！　これでもう何んでも自由に出版できるのである！　生まれて初めての自由！」とある）、こうした表現には、何のためらいもない全的な喜びが溢れている。主人公は、このような自由と解放感を味わいながら、創作への意欲を燃やすのである。

彼は彼なら彼という人間に於ける精神の発展史としての長編小説というものを考えた。（中略）彼は自己の精神の発展としての自叙伝を書こうと考えたのである。失われていた人間への興味と愛情がまた彼の内に復活した。彼の嫌人性は然し人間への強過ぎる愛情のせいでもあったのだ。

ここで言われている「自己の精神の発展としての自叙伝」とは、おそらく昭和二十一年三月から雑誌連載が始まる『わが胸の底のここには』を念頭に置いていると想像されるが、それは次章に譲るとして、それにしても、これほど率直な物言いもあるものだろうか。主人公健吉は直接的に作者高見順と重なっていて、『日記』に「最近の心境を書いた」とある通り、作者の声がそのまま聞こえてくるかのようである。このように、作者の素顔がそのまま見えてくるような作品の例としては、第二章で触れた『感傷』がある。私見によれば、数多い高見順の小説作品のなかでも、真情告白的な小説は、わずかに二つであって、一つは『感傷』であり、いま一つはこの『貝割葉』であると思われる。「感傷」とは作者の絶望的な心理そのもののストレートな表現であり、「貝割葉」は小さな緑の若草が新たな時代を生きてゆく象徴としての表現であって、二つの真情告白は本質的に意味の異なるものであるが、前者は左翼運動による検挙から釈放された昭和八年頃のことであり、後者は終戦直後における新しい時代の出発点にあたっている。どうやら高見順は、人生における最も重大な二つの転期において、まことに直情的な、フィクション以前ともいうべき小説を書いたということになる。それほど終戦による解放感は大きかったのである。

2　『今ひとたびの』
——持続する愛——

『貝割葉』のなかで「これで自由に小説が書ける」と表現した高見は、二十年十月五日の日記でも「真に書きたいとおもう仕事に打ち込めるときが来た！」と書き、「悪夢のようなこの十年のことを書きたいのだ。この十年、人間がいかに生きたか、生きようといかに藻掻いたか、そしてこの十年が人間をいかに苦しめたか、傷つけたか、いびつにしたか、殺したか等々——それらを書きたい」と記して、小説執筆の意欲を燃やしている。実際、高見は『今ひとたびの』を昭和二十一年二月号から七月号まで『婦人朝日』に連載し、並行して二十一年三月号からは自伝的な長編小説『わが胸の底のここには』を断続的にいくつかの雑誌に発表していく。また、九月からは『仮面』を新聞に連載した。

『今ひとたびの』、『わが胸の底のここには』、『仮面』は、執筆された時期からいっても、小説の書き方から見ても、高見文学の戦後の出発を告げる長編小説と言うことができる。『わが胸の底のここには』については章をあらためて論じることにして、この章では『今ひとたびの』と『仮面』を取り上げ、その戦後小説への出発としての意味について考えることにしたい。

『日記』によると、最初に『婦人朝日』から執筆依頼があったのは昭和二十年十一月三十日であり、そして十二月二十二日の日記には、「朝日新聞社に行きました。挿画をお願いする三岸節子さんはもうさきに見えていました。（中略）連載の打合わせです。私はまだ何を書いていいか、まるで腹案がありません。でもそんなことをいっては悪いので、いろいろ腹案があるような顔をしなくてはならないのでした」（この頃高見順の日記はときどき口語体で書かれている）とある。しかし、それから二週間後の二十一年一月六日の日記には、「『今ひとたびの』第一回、三十六枚了」とあるので、「腹案がない」と書いているのは、あるいは終戦直後の精神的空白を強調するための作為が働いているのかもしれない。

いずれにしても、昭和二十年中にそれなりの構想を練った長編『今ひとたびの』が、翌二十一年から連載され始めたのである。

全六章のうち、三章までが「またしても、ここへ私は来た」という同じ文のくり返しで始まる『今ひとたびの』は、戦後一世を風靡した『君の名は』（菊田一夫）の原型とでも呼びたいような、すれ違いの純愛小説である。主人公は、復員してくると、出征前に恋人と約束していた再会を果たそうと、日曜日ごとに焼け跡の銀座へやって来るのである。

まず、この小説がどのような意図の下に書かれたのか、作者自身の声を聞いてみよう。エセー『わが小説』（昭和三十六年）では次のように書かれている。

この小説の主人公は、時代のはげしい変転にかかわらず、ひと筋にひとりの女性を思いつめているという、私としては珍しい純愛小説である。彼は昭和初期に左翼運動に身を投じ、捕えられて投獄されたのち転向し、やがて戦場に一兵卒としてかり出され、その身には、強いられた断絶があるが、愛情の持続においてのみ、かろうじて断絶からまぬかれている。

　だが当時の私としては、性の解放のもたらした当時の異様な荒廃に対して、強い精神力としての恋愛を描きたいと思ったにすぎない。


左翼運動からの転向、動員による出征などは、思想的、軍事的な「強いられた断絶」であるが、それとは逆に、一貫して変わらぬ愛情の強さを「愛情の持続」として描こうとする作者の意図はよくわかる。愛情というものは、いついかなる時代にあっても他人の介入を許さぬ強靭なものだと言ってしまえばそれまでだが、この作品では、戦前と戦後を分かつ断絶の時代に、あらゆる価値観が逆転するなかで、時代の変化を超越した「強い精神力」としての愛情が強調されている。高見は「性の解放のもたらした当時の異様な荒廃」を批判するものとしての恋愛を描きたかったと述べているのだが、小説のなかではむしろ、軍隊生活における反抗の支えとしての愛情が描かれているように思われる。

　反抗の支えとしての愛情というのは、たとえば、主人公は内地の兵営にいた頃、肌身離さず持っていた恋人の写真を古参兵の軍曹に見つけられ、「情婦か恋人か」などと言いがかりをつけられて、殴打を受けたあげくその写真をビリビリと引き裂かれてしまう。たまりかねた主人公は、「次の瞬間、軍曹の胸倉に飛びかかっている自分を見出した。こんなことなら初めからなぶられ殴られているのではなかった。私はその時その男を殺してしまおうとさえ思った。――私は営倉に入れられた」といった体験をしている。

この小説では、召集されてから復員するまで、軍隊生活や戦争についての描写はこの部分だけなのであるが、上官への反抗という軍隊での規律違反は、ひたすら純粋な愛情を踏みにじられたことに対する抗議として位置づけられる。このように、戦前の時代においては軍隊生活での反抗という意味を持った愛の「強い精神力」は、戦後社会においては性道徳の荒廃に対する批判という意味を持つものとされている。しかし、戦後社会への批判という側面は、作者の執筆の意図としてはともかく、作品のなかにはまったく表れていないと言ってもいいほどで、ここで論じることはできない。というよりは、恋人の突然の交通事故死によって終焉を迎える物語となっているこの小説では、作者自身が戦後社会への批判の道を閉ざしてしまったと言えなくもない。

ところで、この小説のなかでたびたびくり返されることばが二つある。「慕情」と「外的の暴力」である。

主人公が都築暁子に最初に会ったのは、彼女が出演している演劇を見に行ったときであるが、そのとき以来抱き続ける変わらぬ思慕の情が、結ばれそうになっては破れてしまうというのがこの物語である。

それは、つねに「外的の暴力」が働くからである。最初の暴力は、彼女の家を訪れる約束になっていたその前日に、特高刑事に検挙され、数年間留置所に送られたことである。

第二回目の「外的の暴力」は、夫と死別したあと銀座のバーで働いている暁子と再会し、ようやく結婚の約束をしようとした矢先に、召集令状を受け、出征せざるをえなくなったときである。警察と軍隊という二つの暴力に翻弄される物語は、高見にはおなじみのテーマであり、また、わが国の昭和の小説にはあまりにもその例が多い。しかし、『今ひとたびの』の場合は、そういう「外的の暴力」にも屈しない強い「慕情」が、変わることなく戦後の時代にまで持続するところに特徴があり、戦前と戦後をつなぐ太い糸としての愛が強調されているのである。

再び『わが小説』によれば、平野謙によって、愛情という視点で統一的な原理を貫こうとした作品だと指摘されたという。すなわち、「私自身は気づかなかったことを、のちに平野謙氏によって指摘された。この小説は、断絶の時代に対して、『愛情』という視点を設定することによって、ひとつの『統一的な原理』をつらぬこうと努めたものだというのだ。これは今から十年前に氏が書いたもので、その時は何気なく読みすごしていたが、今になって胸をつかれる」。

つまり、『今ひとたびの』は、高見における戦後の文学的出発にあたって、戦中と戦後の時代を単純に断絶として描くのではなく、愛情という強い絆によって連続させようとした作品なのである。だが、愛情によってほんとうに時代の断絶が超越されるものだろうか。愛情が思想を凌駕するだけの力を持ちうるのだろうか。

3　素描としての長編

『今ひとたびの』は、長編小説の素描といった印象を与える。荒削りで、描き切れていないところが目につくからである。先に紹介した昭和二十年十月五日の日記に「悪夢のようなこの十年のことを書きたい」と表現されていたことと照らし合わせて読めば、いっそうデッサン風な作品という感じを受ける。

まず、「外的の暴力」と表現されているものをもう少し詳しく見ることにしよう。主人公は、「青年同盟の機関紙部」に所属する左翼運動の活動家で、機関紙発行のための資金を集めている。ある日、上部との連絡のために映画館の前に立っていたとき、特高刑事によって逮捕され、数年間の留置所生活を余儀なくされる。それは翌日に恋人の家を訪れる約束になっていた日のことであり、まさに二人の関係は、「外的の暴力」によって引き裂かれたのである。そして、彼が出所したときには、恋人はすでに他の男と結婚している。これを単に物語の展開としてだけ見れば不運な偶然が重なった話として読めるが、しかし、主人公の左翼運動の実態についてはは具体的にほとんど何も描かれておらず、おそらく現在の読者には何のことか事情が飲み込めない性質のものであろう。

また、主人公が召集を受けて出征するときも、恋人と二人で結婚の約束を交わそうとしていた当日であった。こんどは軍隊という「外的の暴力」の犠牲となったのである。しかし、彼が出征し、そして復員するまでの戦争体験といえば、すでに触れたように、軍曹によって恋人の写真を破られ、抗議のあげく営倉送りとなった場面だけである。主人公がどこでどのような戦争体験をしたのか、いつどんな風に復員したのかはまったく描かれてはいない。また、女性の方の戦争中の生活についてもまったく触れられてはいないのである。そんなことは主人公の変わらぬ愛情という点から見れば瑣末なことだと言うべきかもしれない。しかし戦前の日本において、特高刑事という暴力と軍隊という暴力ほど絶大で冷酷な暴力は他にはない。それをどのように小説のなかに描き込むかは、文学にとって重要な課題のはずである。この作品が荒削りな小説だという理由である。

次に中心的なテーマである愛情ということについて見ることにしよう。恋人である都築暁子という女性は不思議な存在である。ある素人劇団の花形女優であり、父親はさる会社の社長をしている社長令嬢である。金持ちのフィアンセもいる。言ってみれば左翼の活動家である主人公とはまったく違った世界に存在する女性のはずだが、あるとき、劇団のマネージャーに代わって活動資金を主人公に届けるということがあって、二人は急速に接近する。しかし、社長令嬢で、金持ちのフィアンセもいる女性がいったいどのような考えから、どんな気持でシンパの活動に参加したのかよくわからないし、そもそも彼女にとって主人公がどのような男性として存在しているのか、何も語られてはいないのである。終戦後、ついに約束の場所に現れ、道路を横切ろうとしてトラックに撥ねられて悲劇的な死を迎えるこの女性は、最初から最後まで、主人公の「慕情」の対象でしかない、まったく抽象的な存在のように見える。描き切れていないと言うゆえんである。

以上をまとめて言えば、時代を描くという点では不十分さを残しながらも、主人公と恋人との純粋な愛は、戦中と戦後の断絶の時代にあっても変わることなく二人を結びつけている。こうして、「強い精神力」の証《あかし》としての愛情を描いたところに、『今ひとたびの』の高見における戦後小説の出発を見ることができよう。しかし、戦中と戦後をつなぐ「持続する愛」も、そのままハッピーエンドを迎えるというわけにはいかなかった。女主人公暁子の交通事故による死は、不慮の出来事ではあったが、いくら強い愛情といえども、戦中と戦後を単純につなぐことができないという事実を象徴的に物語っている。

4 『仮面』
――イミテーション人間――

『仮面』は昭和二十一年九月四日から十二月三十日まで『時事新報』に連載された新聞小説である。新聞小説という性質上、物語の展開には、読者の関心を持続させるそれなりの起伏が必要なのであって、特徴的な性格を持った人物たちが「仮面」をかぶって登場し、突飛な言動に及ぶ場面もないわけではない。あるいは、それぞれの登場人物が自分なりの役割を演じながら生きていると言った方が適当かもしれないが、それにしても、「仮面」とはあまりにも工夫のないタイトルである。高見は『日記』のなかで、タイトルについてあれこれ迷っている様子を書いているが、最も単純明快なものを選んだように見える。タイトルの単純さは、この長編が高見としては珍しくテーマ小説となっていて、一種の変身譚であることと関係している。変身譚の物語は、戦後の時代を迎えて、高見が自らの生き方の上でも、小説の書き方の上でも、それまでの自分を反省しながら新しいものを模索していることを端的に表す作品となった。

それにしても、仮面というものは簡単に取り替えることができるし、逆に、仮面をかなぐり捨てることによって、人間が本当に変わりうるものかどうかを疑問視することだってありうる。仮面はほんとうに人の変容を可能にするかどうか、テーマ小説としての『仮面』の成功の鍵はこの点に関わっていると言えよう。

物語は終戦直後のまだ混沌とした社会。主人公の加藤は、復員兵の立花という人物と知り合い、いっしょに盗みを働く。しかしその現場を警備員に襲われ、立花は死亡する。生き残った主人公は、ふと自分を立花と名乗って生きようと決心する。その場面はこんなふうに描かれている。

「よし!」痛いような閃きが彼の心を貫いた。よし! ただ今この瞬間から、自分は立花と名乗ろう。ありきたりの詰らない、否、忌わしく不潔な「加藤」よ! さらば! 俺は生まれかわるのだ。

「加藤」の前半生よ、さらば！
「俺は立花だ！」
口の前に手をやって、ワッハッハと笑った。

主人公は、名前を取り替えて生きることを以前から計画していたのではない。人から名前を聞かれてとっさに口からこぼれてしまった仲間の名前を、ついそのまま用いることとしたのである。しかし、名前を取り替えて生まれ変わろうという気持の根底には、それまでの「忌わしく不潔な」自分の人生を激しく否定する気持が潜在していたことは容易に想像がつく。それにしても突然の変身である。終戦とともに「前半生よ、さらば」と言って、これからは別の人生を生きようとする主人公の気持には、作者高見順の、戦後社会を生き抜くためのある種の決意が反映されているのは間違いない。

この「イミテーション」としての生き方は、過去を断ち切り、未来に生きようとする新たな出発の決意を意味する。それは主人公の戦後における再生にとって重要な意味を持つ手段なのであるが、ことはそう単純ではない。なぜ単純ではないのか。

新しい出発を考えた彼は、古い知り合いの関係を辿ることは、小穴〔主人公の旧友〕だけで、もうやめていた。旧知に会うと、自ずと眼は過去に向けられる。前を向け！　前を見ろ！　新生だ。新局面をひらけ。過去にこだわるな。過去を切り捨てるのだ。未来に眼を注げ。そう自分に言った。しかし、言葉は、ただ空しく叫ばれているだけだった。一向に新しい道がひらけない。新生のための職業が、つかめない。

過去の否定が直ちに未来の「新しい道」につながるわけではないばかりか、「切り捨てる」べき過去もまた過去としての意味が問われるのである。ここで否定されている過去とは、左翼運動とそれからの転向を経験した「忌わしく不潔な」過去のことであるが、その過去は、『今ひとたびの』の場合とはかなり違ったニュアンスで描かれている。前作では、暗い過去の思い出は次のように提示されていた。

恐ろしい拷問と投獄。
死んだような時間の流れ。
思い出すたびに胸が憤りで熱くなるが、いまは憤りよりも大切な青春時代の数年を空白にした痛恨の方が強い。

ここでは、獄中生活の数年間が、無為に流れた空白の時間、憤りと痛恨の対象として描かれている。一方、『仮面』においては、過去の体験は最も陰惨な思想的裏切りとして次のように示されている。

単に思想を「清算」したというだけでは、転向と為し難い。進んで積極的に戦闘的日本主義者に成るのでなくては転向ではないという意見であった。こうして彼は、自らの転向によってかつての同志に対する裏切者と成ったというだけでなく、他人の転向を偽装呼ばわりすることによって、悪質の摘発者に成り果てていた。

加藤が自ら忌わしく不潔な過去として憎悪しているのは、これであった。

『仮面』においては、転向とは「左」から「右」へと思想的立場を逆転させることだけではなく、さらに「戦闘的日本主義者」、すなわち「悪質の摘発者」となることなのである。つまり転向とは自分だけの問題ではなく、他者にもその累を及ぼす態度であると作者は語っているのだ。『今ひとたびの』は、すでに見たように、純粋な愛、持続する愛によって戦前と戦後の断絶を超越しようとした作品であったが、『仮面』では、名前を変えて過去を断ち切り、新しい生を築こうと試みる物語となっている。つまり、過去と現在の対比がいっそうドラスチックになっているわけだ。たとえば、この作品でも、『今ひとたびの』と同じように、主人公は戦場で恋人佐喜子の名前を呼び続けて、変わらぬ「慕情」を抱いているのだが、それはあっさり裏切られることになる。戦後再会した佐喜子に、以前とはすっかり違う「蓮っ葉な態度」を見せつけられるからである。そんなかつての恋人に幻滅した主人公の様子が、こんなふうに描かれる。

新生への道も亦、この慕情によってひらかれるのではないかと、彼はそうも期待していた。慕情の対象たる佐喜子がまた彼にとっては清らかな青春の象徴なのでもあった。青春の復活への祈りをも彼は慕情のうちにこめていたのだ。慕情の喪失は、慕情だけではなくそれらすべての喪失なのであった。

ここでは純粋な愛は持続しない。過去との断絶を象徴するものとして「慕情の喪失」が語られる。自己の再生は、自分自身の過去を徹底的に否定することによってしか実現しえないのである。

5 剥がれた仮面

考えてみれば、「仮面」という小説設定は平凡なもので、遠からず仮面は破綻する運命にある。しかし、仮面をかぶったイミテーション人間はどこにでもいる。名前を立花と変えた主人公加藤が用心棒のような役割で住み込むのが、鎌倉に在住する美術評論家漆原善平の家である。この評論家もまた、「複製だけを材料にして西洋美術を論じている」、一種のイミテーション人間にほかならない。この人物は、「書物の上での美術研究、複製写真での美術鑑賞だけで、実物はひとつも見てないんだ。でも、見たようなことを書いている。見たような批評をしている。ほんものを全然知らないで、ほんものに就いて大いに論じている。考えれば、不思議な現象だよ」と言われるような、日本の研究者によくあるタイプの人物なのだ。作者はこの種の人間を、主人公の心境を借りて痛烈に批判している。「軽蔑すべき『イミテーション』の自分よりも、イミテーションの傍観的鑑賞家、複製品の研究家、決して傷つかないところの、自ら傷つきえないところの批評家の方が、ずっと軽蔑すべき存在ではないか」。

さて、主人公の仮面がついに剥がされるときがやってくる。彼は何もかもが嫌になって、自殺しようと決心する。だが、丘の上の松の木で首を吊ろうとしたとき、近くを農夫たちが大声でしゃべりながら通ってゆく。首つり自殺をしようとしている人間を見ても、「阿呆めと横目で見て通り過ぎる」ような、生活にしっかりと足を下ろした人たちの声を聞いているうちに、自殺を思い留まる。このとき彼は、それまでずっと身につけてきた「仮面」をぬぎ捨てる。それはこの小説の最終ページである。

　彼は今や彼であった。「立花」の仮面をぬいでいた。外部的にも内部的にも。
　自己憎悪から脱却した彼は、仮面からも脱却していた。素顔の前にかぶった仮面でなく、素顔の内部にひそむ仮面ともいうべきものだった。

重要なのは、「立花」という名前を借用してイミテーションとして生きた終戦後だけではなく、戦前の前半生そのものもまた、いわば仮面をつけた人生であり、その仮面がいますっかり剥がれたということである。仮面の破綻は、単に過去からの変容と言うことでは済まず、自らの本質に迫ることを意味す

る。作者はそのことを「裸の自己」と言い、「自らの素顔」と表現している。すなわち、

彼の投げ捨てた仮面は、ただに最近の仮面ではなかった。学生の頃から自分ではそうと気付かず夙に仮面をかぶりつづけてきていたことを、いま仮面をかなぐり捨てたことによって、知らされた。彼が左翼運動に入ったのは、プチ・ブル・インテリゲンチアの彼がただそのままで単にプロレタリアの仮面をかぶったのに過ぎなかった。彼の転向とは、その仮面をぬいでまた違った仮面をかぶり直したということだった。彼は、いつもこうして仮面のうちに生きていた。素顔のうちに彼自身のうちに、生きたことがあったか？

彼は今こそ裸かの自己を感じた。自らの素顔を初めて自ら見た。自分の新たな誕生を鮮烈に感じた。やり直しだ。すべて、素顔からの再出発だ。

先に、昭和二十年十月五日の日記に触れて、「悪夢のようなこの十年のことを書きたい」と書かれていることを紹介した。どうやら、この引用文を見ると、「悪夢のようなこの十年」とは、高見の内部では、「プロレタリアの仮面」や「転向の仮面」をかぶった時期から終戦にいたる、少し幅の広い期間が想定されていたことになる。

ここでもう一度、本書第一章を思い起こしてほしい。そこでは、高見のプロレタリア文学の出発点を

なす『秋から秋まで』に触れて、本来プロレタリア階級に属さないインテリゲンチャが労働者の側に立つという生き方を一つの選択として提示したのであった。しかし、この『仮面』では、そのことは「プロレタリアの仮面をかぶったのに過ぎなかった」と書かれている。「転向」もまた同じである。この小説では、「プロレタリアの仮面」も「転向の仮面」も、「忌わしい不潔な過去」と呼ばれるだけで、具体的に描かれているわけではないが、それにしても、左翼運動に参加して以来の全過程が「仮面」としてあっさり否定されているのは、あまりにも単純すぎると言うべきではないだろうか。仮に「プロレタリアの仮面」や「転向の仮面」が剥ぎ取られたとしても、最後に本質的なものとして残るものがあるはずであり、それはプチ・ブル・インテリゲンチャの「素顔」にほかならないだろう。

この小説は、主人公が「すべて、素顔からの再出発だ」と決意するところで物語は終わっている。文字通り、作家高見順の戦後小説の「素顔」の再出発が宣言されたことになる。

第六章　探求としての小説
――『或る魂の告白』――

1　四十歳からの出発

前章で取り上げた『今ひとたびの』と『仮面』は、前者が戦前からの変わらぬ愛を描き、後者は終戦直後に他人の名を騙って生きようとした、一見正反対の作品のような印象を与えるものだった。しかし、二つの作品とも、戦後の新しい社会を懸命に生きようとするテーマを追求している点では、裏表の関係にあると言うこともできる。

同じ時期に執筆が開始され、しかも雑誌連載が断続的に長期にわたった『或る魂の告白』の場合は、主人公が自らの過去を告白調で物語る本格的な自伝的小説であるという点で、右の二作とは決定的に性格を異にしたものである。
『或る魂の告白』（以下『或る魂』と略記）は、『わが胸の底のここには』（以下『わが胸』と略記）と『風吹けば風吹くがまま』（以下『風吹けば』と略記）を総称するタイトルとして、『全集』刊行とともに最終的に定着したものである。『わが胸』は昭和二十一年三月に連載が開始され、途中作者の病気による中断などがあって、昭和二十五年九月にようやく完結した。『風吹けば』の方は、その続編として昭和二十六年一月に発表され始めたが、途中およそ六年間の中断があって、昭和三十二年に第六章まで発表されたあと、ついにその続きは書かれることはなかった。

つまり、『或る魂の告白』という総タイトルを持つこの自伝的な長編は、作者の病気療養などの理由で思わぬ時間を必要とし、しかも未完で終わった作品であるが、その全体で扱われている時間は、出生から旧制高校一年の夏休みまで、年代で言えば明治四十年から大正十三年までの十八年間ということになる。

だが、主人公の「私」がこの自伝的作品を書いている時期は終戦直後のことであり、主人公の現在の年齢は四十歳である。こうして、『わが胸』の冒頭は、「私は四十に成った。まだ私は四十である――と言うべきかもしれないのだが、そして私にしても左様に言いたい想いの切なるものがあるにも拘らず、四十の私の心身には早くも私の嘗つて予期しなかった老衰の翳がさしはじめた。あの忌わしい肉体と精神の衰滅が突如、そして潮が退《ひ》くように刻々と、容赦なく、私のうちに感じられはじめた。嗚呼、私はまだ四十だというのに……」（ルビ原文のまま）という慨嘆調の表現で始まる。この息苦しいほどの告白調の文章は冒頭から数ページにわたって続く。

明治四十年（一九〇七）生まれの高見順は、この長編小説を雑誌『新潮』に連載し始めた昭和二十一年には、数え年でちょうど四十歳であった。高見は四十歳という不惑の年齢に、あるいはこだわりを持っていたのかもしれない。昭和二十一年一月一日の『日記』には「私も四十歳である。不惑である。私はしかし大いに迷う。大いに迷うであろう。文学への気持は不惑だが」とある。

それにしても、『今ひとたびの』を昭和二十一年一月から書き始め、三月にはこの『わが胸』を、そして九月からは『仮面』の連載を開始して、旺盛な執筆活動を展開したかに見える高見が、いきなり「肉体と精神の衰滅」を訴えているのは、いかにも奇妙に感じられるではないか。いったい、なぜこれほどまでに「老衰の翳」が強調されるのか。

昭和二十一年三月といえば、終戦からすでに半年以上も過ぎているのに、主人公はまだ終戦にいたる過去の挫折感と疲労感を引きずっている。冒頭に続く一節。

> ただいま私の上に、落日の儚さと確かさで迫ってきたものは、左様な老年ではなく、呪わしい挫折感に貫かれた突然の老衰なのである。四十にして既に老衰とはなんという滑稽さであるか。なんという惨めさであるか。喜劇は常に悲劇である。

高見は、『わが胸』の執筆には格別の意気込みを示している。後述のように「剔抉」ということばを頻繁に用いて、いかにして自己の内面を暴き出すかを課題としているのだが、この場合、剔抉されるべき自己は、元気溌剌とした自己であってはならず、一方、剔抉する側のいまの自分もまた、衰え切ったところから情熱を回復する自己へと上昇しなければならないのである。それにはまず、生きることへの執着と情熱を掻き立てるところから出発する必要があった。「私は、生きたいのである。まだ生きたいのである。四十にして滅びるということから逃れたいのである。そのために、私は私のうちに残っている情熱の火を掻き立てたい。そして生の情熱をも燃え上らせてこの奇怪な老衰から救われたい」。「肉体と精神の衰滅」を振り払い、「奇怪な老衰」から救われたいと望むのはいったいなぜなのか。それは、生きて「己れを語る」ためである。そして、「己れを語る」ことは自分の過去を摘発することにほかならない。

己れを語るということは、この私にあっては、憎悪すべき己れの過去を摘発するということに他ならぬ。そうして私は己れへの憎悪という形でかろうじて残っている情熱を掻き立てて、かくて生きんとする生命の火をも掻き立てたいのである。

作者の筆はかなり堂々巡りをしている印象を与えるが、ここでの「自己」とは憎悪すべきものであり、そして、憎悪の対象としての自己は自分の過去につながる。自分自身が憎悪の対象なのであるが、自分の過去こそが憎悪すべきものなのだ。精神の老衰状態に陥っている作者にとって、いま残されているエネルギーと言えば、憎悪すべき過去を「摘発する」ことしかない。「憎悪すべき己れ」と「己れの過去」とは等価である。自分の過去を徹底的に暴くことは、憎悪を徹底させることによって「生命の火をも掻き立てる」ということにほかならない。「四十にして滅びるということから逃れたい」と言い、「生命の火をも掻き立てたい」と書いているのは、もちろん現在を生きる生の意欲を引き出そうということだが、それだけではない。「己れを語る」ということは小説を書くということであり、したがって、小説執筆の情熱を掻き立てるために「憎悪すべき己れ」を語るのである。

だが、果たして憎悪の筆によって生のエネルギーを奮い立たせることが可能であろうか。

2　背景をなす時代

冒頭の部分に続く一節から再び引用する。

老いといえば、戦時のあのざわめきの中で私は、――もし戦いの済む迄生き延びることが許されたならば、これまで果し得なかった人生への借財ともいうべき自らの文学上の制作を、戦後こそ孜々として、悔いの残らぬように営々と為し遂げて、そうして老年の静寂と孤独とを待ちたい、一応為すべきは為したとする心豊かなそれらではなく、諦めの上のそれらであっても、とにかくそれらを持ちたいと、どんなに願ったことだろう。

苦難の戦時を生きぬいたあとの文学創作への決意といったものが、抑制された口調で淡々と述べられた文章である。このなかでは、戦時のことが「あのざわめき」という一言で表現されていることに着目しておきたい。「あのざわめき」ということばに、作者は万感の思いを込めていると読み取られるが、それにしても、あまりにもあっさりと他人ごとのような表現で片付けられていると感じずにはいられない。戦前の時代全体を、「ざわめき」という、いかにも表層的なことばのなかに押し込めてしまう心理は、次のような文章につながる。

若い日の私は、自らの愚行をすら「悪しき時代」の責任と為して、自らは恬として恥ぢず、ひたすら「現実」を糾弾したものだったが、今の私は、左様な私を、左様な考え方を恥ぢるのである。（中略）生きんとする芽を理不尽に摘む時代の暴力も悪なら、摘まれるがままに摘まれる己れの無力もまた悪だったとしたい、そういう今の私である。

ここでは、「時代の暴力」も「己れの無力」もともに「悪」だったという認識が示されている。二つの「悪」は並行的であり、切り結ぶことはない。「あのざわめき」はよそごとのままであり、時代は背景にすぎない。

「戦後こそ孜々として、悔いの残らぬ」ように、文学上の創作に取り組みたいと覚悟を決めて、本格的な自伝小説の執筆を開始した作者は、それまで断片的に短編小説で扱ってきたテーマ、すなわち出生の秘密や母子家庭の貧困な生活などに始まって、一中へ進学し最終学年へと成長する過程を詳細に描いていく。作者はまた、ひとりの感受性の鋭い少年の成長過程がどのような時代を背景にしているのかについても気を配っているように見える。たとえば、第二節「私に於ける暗い出生の翳について」では、小学生の頃を描写する場面でこんな記述がある。

二年生のとき第一次世界大戦がはじまった。遠い欧州での戦争かとおもっていたら、夏休みの終り近くに対独宣戦布告が行われ日本も欧州の戦争へ顔を出した。そして独探などという妙な言葉が発生し、反ドイツ熱が煽られたが、子供の私は嘗つて見たこともないドイツ人に格別の反感や敵意を持つことはできなかった。それから二十余年後、今度はまた親独ということが天下り的に宣伝されたが、そのときはもう一人前の分別を持った私はドイツに格別の愛情や尊敬を持つことはできなかった。

さらに、「第一次世界大戦は大正三年から大正七年までつづいた。大正七年といえば私も六年生で、ちょうど私の小学校時代に当たっているその期間に、日本の資本主義は遠い欧州の戦争を巧みに利用して急速に発展した。その発展の姿は少年の私の周囲にも見られた。小学校の生徒の家の変化にも見られた」と書いて、労働者階級が形成されていった歴史的事実にも触れている。

このように、作者は、歴史的な出来事を時代背景として小説のなかに導入しようと努力している。しかし、それはあくまでも背景としての時代であって、小説そのものの流れに直接関与するものとしてではない。歴史的な出来事は時代の説明として挿入されているにすぎないのである。

ところが、数年にわたって『わが胸』を書き続けているうちに、背景としての時代はもっと前面に出てくることになる。このことについては、小説技法の転換の問題として節を改めて見ていくことにしたい。

3　書くことへの問いかけ

『わが胸』は、昭和二十一年三月から二十五年九月にかけて、いくつかの雑誌に断続的に発表された長編だが、五年に近い歳月をかけているあいだに、作品のなかに直接作者自身の声が何度もくり返されて表れている。作者自身の、作中における弁解や釈明という手法は高見文学の特徴の一つであり、とりたてて珍しいものではないが、この長編小説においては、その弁解が「何のために書くのか」「なぜ書くのか」という、いわば文学の原点とも言うべき小説技法の根本問題として表現されているところに、他の作品とは違う特徴があるように思われる。作家とは、つねに「なぜ書くのか」という意識につきまとわれている存在であるはずで、高見はそのことを、作品自体のなかに、まるで告白するかのように書き記す。たとえば、自分の過去を描くことを「剔抉」と呼んで、こんなふうに書いている。

私は出来たら、そっと隠しておきたい、――他人《ひと》にというより寧ろ自分に対して（！）隠しておきたいわが秘密を、自分の気持としては容赦なく、苛酷に、発《あば》いてきた。宛かもわが手で開腹手術を施すような悲痛な決心で、（私は自分でそう考えた）わが身を剔抉した。（中略）さてその剔抉は何のために為されなくてはならないものだったか。何のために、そういうことを企てようとしたのか。（傍点、ルビ原文のまま）

何のために自己の秘密を自らの手で剔抉するのかと問うことは、何のために書くのか、なぜ書くのかということにつながる。そして、この問いは直ちに「どのように書くのか」という小説における方法の問題にもつながるはずである。こうして、『わが胸』は、作品自体のなかで小説を書くことの意味を模索した、探求としての小説でもあるのだ。

戦後の新しい時代を迎えて、真に書きたいことを書くべく執筆を再開するにあたって、高見が「何を書くのか」ということだけではなく、「何のために書くのか」という問題意識を掘り下げながら、それと同時に「どのように書くのか」という点についても工夫を凝らして筆を進めていることは重要である。そして、高見の選択した方法は極めて明快であったと言うべきだろう。すなわち、自分の過去を、「わが手で開腹手術を施すような悲痛な決心でわが身を剔抉する」という方法である。なぜそのようなことを企てるのかと言えば、いま現在の自分が精神的な衰えを感じていて、書く情熱を失っており、何とか書く意欲を掻き立てたいと望んでいるからである。そのために、過去における自分の内面を、ひたすら苛酷なまでに暴き出して白日の下に晒そうとしている。それは、短編『感傷』において、告白的に真情をさらけ出しながら自らの客観化を図ろうとした、作家としての自己を確立する努力を思わせるものがある（本書第二章参照）。

すでに述べたように、『わが胸』の語り手は、小説の冒頭で示されたように四十歳の「私」であり、また、語り手が小説を書いている現在は終戦直後である。他方、物語は、主人公である「私」の出生の秘密から始まり、府立一中在学中の最終学年の時期で終わっている。物語の現在は、明治四十年から大正十二年までのおよそ十数年間である。『わが胸』はこれら二つの現在、すなわち語り手の現在と物語の現在との交錯のうちに進行する。小説作品のなかで、このように二つの現在が交錯する物語は決して珍しいものではない。というより、最もありふれた形式でもある。しかし高見のこの小説では、語り手の現在は、終戦を迎えた時点で「もはやあらゆる意味の情熱が失われた」ところの四十歳なのであり、それゆえ、二つの現在が交錯するこの物語は、小説を書く意欲を喪失し、精神上の萎えを感じながら、それでいて何かを書かなければならないと、ひたすら自己自身を駆り立てている語り手の現在が随所に挿入されるかたちで進行する。

過去の物語のなかに挿入される語り手の現在が最初に全面的に挿入されるのは、第三節においてである。第三節は、小説の冒頭で意図された、「憎悪すべき己れの過去」を暴くことによって「生きんとする生命の火を掻き立てたい」という狙いが、期待通りには実現していないことを窺わせるのである。第三節は次のように始まる。

　私は何を企てようとしているのか。私は何を書こうとしているのか——と言ってもよいのであろうが、私は敢えて、何を企てようとしているのかと私に問うのである。今までわが身とわが心を鞭打つようにして書いてきたところを、ここでふと読み返して、私はそう私に改めて問いただされねばならぬ疑いを感じた。

語り手は、相変わらず「何を書くのか」だけではなく、「何のために書くのか」という疑問に付きまとわれている。「憎悪すべき己れの過去」を摘発してみても、いまだ書くということの情熱や目的を捉えるまではいたっていない。したがって、こう書かざるをえない。「要するに、私は書けなくなった。ここまでひとおもいに駆けて来て、ここで転んだのである。だが私は断じて、回顧の歩みを（剔抉の筆を）進ませねばならぬ。どうあっても進ませねばならぬということを、再び感じ出した」。

それでは、これまでの第一節、第二節ではいったい何が書かれていたのか、何を企てようとしていたのかを振り返っておこう。

作者がくり返し「憎悪すべき己れの過去」と述べているその根源に存在するのは、「私」の出生にまつわる事実である。「私における暗い出生の翳について」と題された第二節では、こんなエピソードが記述されている。あるとき、主人公の「私」は、小学校の同級生から、府立一中には「私生子は入学できない」と言われて激しいショックを受ける。もちろん法的にそんな制約はまったくないので本人は合格して進学したのであるが、問題は、私生子という出生の秘密を友だちから指摘され、それまではっきり意識することを避けてきたこの事実といかに向き合うかという難問を突きつけられたことである。長編『わが胸』の全体を通して描かれている己れの過去は、言ってみればすべてこの出生の事実に収斂されるのである。母親と祖母との三人の貧困な生活、友だちをわが家に連れてくることもできない粗末な借家住まい等々、いっさいが出生の秘密に起因し、あらゆる問題がこの事実に帰着する。

しかし、忌わしい過去、憎悪すべき己れの過去とは、それを引き受けて再び生きなければならない過去のことなのである。語り手の現在である「私」と、物語の現在である「私」との二つの「私」が同一の「私」として存在するためには、このような過去と向き合い、この過去を再生させることが必要であって、過去を否定することでも肯定することでもない。

語り手の現在と物語の現在は、第二節の終わりでは次のような表現によって微妙に混ざり合っている。すなわち、「陽の当らない石ころだらけの庭に植えられたこの梅の木は、そっくりそのまま私であった。この不幸な梅の木は不幸ななかでなんとかして、なんとしてでも生きねばならなかったように、私も亦生きなくてはならなかった。生き通さねばならなかった」(傍点原文のまま)。

さて、物語の第三節に戻ると、作者は自分が何のために過去の剔抉を企てているのかという反省に捉われている。作者は小説の冒頭で示された目的に立ち返って、次のように反省する。

その剔抉は何のために為されなくてはならないものだったか。何のために、そういうことを企てようとしたのか。わが身の恥をただ発くのが目的ではなかった。言い難き秘密を己れの手で暴露することが、「企て」の目的ではなく、手段であった筈だ。(中略)私にとっては、何を書こうとしているのかが問題ではなく、何を企てようとしているのかが問題なのである。

作者の反省は、自分の過去を暴露することが目的ではないのに、ただ「書くこと」だけに堕してしまったのではないかという点に及ぶのである。そのことはまた、「悪しき作家的習慣」に陥ってしまったせいではないのかという危惧ともなっている。語り手の現在は、ともすれば旧套たる作家の惰性にとらわれがちな姿勢を、「何のために書くのか」という本来の意識に引き戻そうとしている。

結局、憎むべき己れの過去を剔抉することは、語り手に何をもたらしたのか。過去を回避することなく過去と向き合うということは、それがどのようなものであろうと、その過去を自己自身のものとして引き受けることである。自分の過去としてそっくりそのまま背負って生きるということである。そのことに主人公の「私」はしだいに気づいていく。そうした主人公の意識の流れはこういうことばで表現される。

> どう努めたところで如何にあがいたところで、この私は私以外の人間には成り得ない、どう装ったところで如何に慎んだところで、私は私という人間以外の者では有り得ない。（中略）今と成っては私はいわば私の弱点を私の特徴として生きて行くよりほかは無い。そして、生きるということは私にとっては書くということに他ならない……

しかも主人公は、憎悪すべき自分の過去が自分の蒙った傷や恥、要するに被害だけの過去ではなく、他人を無法に傷つけ、辱め、苛めた加害者としての過去でもあったことに初めて気づくのである。

語り手の現在と物語の現在の交錯という小説方法の特徴は、このように、憎悪すべき己れの過去を冷酷に暴き出し、このような過去を自分の過去として引き受けることによって、現在を生きるためのエネルギーを見出しうる可能性をのぞかせている。

4　小説技法の転換

『わが胸』の第五節が雑誌『新潮』の昭和二十一年十月号に発表されたあと、第六節が二十二年四月号に掲載されるまでに六カ月の間隔がある。休載のこの期間は、高見が胃潰瘍のため病床に臥していた二十一年十二月からのおよそ半年間に重なる。しかし、二十二年四月号に掲載されたのは一気に第六・七・八節であった。重要なのは、このおよそ半年間の時間が、小説の書き方に注目すべき転換をもたらすことになったことである。

第一の転換は生への自信回復に関わる。

『わが胸』には、白樺派の作家たちやその文学作品の名前がたびたび登場する。「いつも人の顔色をうかがい、卑下しつづけていた私」にとって、とりわけ、「俺は俺だ」という武者小路実篤の文学的・思想的主張は大きな激励であり、実現すべき理想でもあった。第七節において主人公の「私」は、武者小路の短編『へんな原稿』（『一本の枝』所収）を読んだときの感動と衝撃を最大級のことばで表現している。

人間が人間を殺す戦争の罪悪に対して人類愛の立場からの激しい抗議を書きしるした『へんな原稿』に私はそういうことよりも、人間と自我の尊厳の凛乎たる主張を読みとった。この私の、人間としての尊厳を教えられた。私は感動で震えた。私の血は奔流した。私だって人間だと、私だって叫びたいとおもっていた、その内奥の声を、私はそこに見出した。胸に秘めた私の声は遂に言葉を得た。

武者小路の作品に接したことが、主人公に確固として生きる勇気と自信をもたらしたのである。「こうして私は、私だって人間のひとりとして、太陽に向けて顔をあげ胸を張ってこの人生を歩き得るのだという、生きる自信と歓喜とを持つことができた」。

もちろん、現実はそれほど単純ではない。主人公は理想と現実との大きな懸隔に気づかざるをえないのであるが、それでも白樺派の理想主義によって、「太陽に向けて顔をあげ胸を張って」生きる勇気を与えられたと書かれているのを見逃すことはできない。物語のなかの主人公が成長するにつれて、時間の経過とともに内面にも変化が表れ、そのことが作者の「己れの過去」に対する見方にも変化をもたらしている。そのことがまた、「何のために書くのか」という小説の目的についての意識にも変化をもたらすことになったのである。

このような変化は、とりわけ、『わが胸』の第十一節において表れている。第十一節では、中学校四年生のときに一高を受験して失敗した主人公が、五年生として引き続き一中に在学している時期を扱っている。文芸部のビラがはがされたことに対する同級生への抗議とか、遠足のときに遊び半分に蹴り上げた草鞋が先生の頭に当たってしまったことを大胆率直に謝る行為を描いたあと、「そのわれながら褒めてやりたい位の毅然たる行為によって、何かふっ切ったように私が落伍者意識の穴から匍い出られたのか、そこのところは判然とせぬ。判然としているのは、とにかく私がそんな大胆さを発揮したということである」（傍点原文のまま）と書かれている。注釈を加えるまでもなく、このエピソードは、忌むべき憎悪の対象としての過去ではなく、むしろ「褒めてやりたい位」の賞賛の対象としての過去に変貌したことを示している。これが『わが胸』における第一の小説技法の転換である。

過去の評価の逆転は、現在の精神状態の変化の裏返しにほかならない。冒頭で告白された「精神的な老衰」は、『わが胸』を断続的に執筆する過程で、昭和二十五年にいたってその影を潜めていくことになったのであり、高見順の文学世界が、戦後の経過のなかで明らかに変貌を遂げていることを示しているのである。

第二の小説技法の転換は小説における時代状況の扱い方に関わる。すでに第五節「私に於ける立身出世欲について」において、サボタージュということばについて、大正八年に起こった川崎造船所の労働争議や、当時の労働組合運動の状況が立ち入って説明されていた。この第五節では、生徒たちのあいだでずる休みのことを「サボタージュ病」と言い始めたことに関連して、「その頃、サボタージュというのは耳新しい言葉であった。それは、その年におこった川崎造船所の大争議で、サボタージュが新戦術として用いられ、センセイションを捲きおこしたことから一般に流布されるに至ったものだった」と述べられて、労働争議の様子が記述されている。しかも作者は、この記述のあとに、こんなふうに付け加えている。

但しその頃の私が、台頭する労働運動の波に対して全く無関心であったという事実は、これも書き足しておかねばならないだろう。言い換えると、私に直接的に関係のない流れとして、その労働運動の台頭、労働者の階級的台頭という流れは、流れていたのである。

ここではまだ、そうした労働争議は物語の展開に直接関係しているわけではない。
前述のように、『わが胸』の第六・七・八節は、半年の間隔をおいて昭和二十二年四月にまとめて発表されたが、その第七節「私に於ける憧れと冒険について」の冒頭は、こんな描写で始まる。

「なんだろう」
学校の高い壁の外を、何か不穏な空気を孕んだ人波がざわざわと通って行く。三学期の中頃で、まだ寒い最中であった。寒い校庭を避けて私たちは、日だまりの校舎の横にかたまっていた。
「議院へ行く人たちじゃないかしら」

ここでは、大正期に盛り上がりを見せた「普選運動」のことを中学生たちが話題にしている。人々はデモや集会を催して、活発な民衆運動を展開したのだった。こうした民衆運動は、中学一年生の主人公「私」に対して、どのような影響を与えたのか。

中学一年生の私の心にはそうした運動も遠い潮騒のようにしか響かなかったが、或はその故か、国民がそんなに熱心に普通選挙を希望しているのなら実行したらいいではないかといった気持ちであった。

中学一年生にとって、普選運動の歴史的な意味は「遠い潮騒」のごとく理解できないものかもしれないし、まして、それに影響を受けることもないだろう。しかし彼は、級友たちと民衆の動きを話題にし、人々が何を求めているのかを理解して、人々の希望するものを「実行したらいいではないか」という考えを示している。政治が次第に主人公の身近かに接近してきたのである。そして、この時期の日本の政治の動きが、作者によって、次のように語られている。

二十六日〔大正九年二月〕に議会は解散された。そして次の議会で普選案は闇に葬り去られた。こうしてH内閣も、人民の権利を圧迫しつづけてきた従来の官僚内閣と何ら変らない反動性を示すに至って、それまで「平民宰相」として人気を呼んでいたH氏も、漸く「平民」の反感を買うように成った。

日本の現代史の上で「平民宰相」と俗称された原敬が、翌大正十年に暗殺されたことも作者は書き加えている。

さらに、時代そのものの描写が主人公の成長と関連しながら前面に現れてくるのは、第十三節、つまり『わが胸』の最終節においてである。この節は昭和二十五年九月に発表されたものであり、高見における戦後はすでにさまざまな変化を見せているのであるが、この第十三節全体では、大正十二年に起こった関東大震災や朝鮮人の虐殺、さらには大杉栄らの殺害のことに、ほとんどのページが費やされる。大震災とそれに続く一連の事件を目撃することによって、主人公に大きな転機が訪れる。作者はそのことをわずかに一行で、象徴的に表現している。

私はこの震災を境にして急に大人っぽくなった。

こうして、戦時のさまざまな歴史的事実を「あのざわめき」ということばで後景に退け、もっぱら「憎悪すべき己れの過去」を剔抉することに専念しようとして出発した作者のエクリチュールは、この段階では明らかに大きな変貌を遂げて、時代そのものを直接的に取り上げるようになったのである。

5 『風吹けば風吹くがまま』

『風吹けば』は、『わが胸』の続編として、昭和二十六年一・三月号の『人間』と、六年後の昭和三十二年一・二・三月号の『文藝』に発表され（四月は掲載予定のみ）、その後中断されたままになった作品である。全部で六節からなる『風吹けば』の第一節では、自らの小説技法の変化についてこんなふうに書かれている。

憎悪すべき私の過去は憎悪しつつ、その憎悪と私そのものへの憎悪とは一応離したいと思うに至った。死ぬことから一応免れた私は、こうして同時に自己憎悪からもきっぱりと自分を離し得たという風にはまだ言えないけれど、この続稿は自分をいとおしむ気持から書きたいとする願いが強い。それでは今までとは趣きを異にした手記になるかもしれず、それでは不都合だと自ら考えぬではないけれど、そうした我儘も自分に許したいとする想いが強い。

ここで「死ぬことから一応免れた私」と書かれているのは、作者の高見が昭和二十一年から二十二年にかけてと、昭和二十三年の五月から半年間にわたって大病を患ったことと関係している。三年にも及ぶ闘病生活が作者の心境にかなり大きな変化をもたらしたことは十分に想像がつく。

物語の時期が『わが胸』に引き続いて一高入学から開始されているにもかかわらず、「今までとは趣を異にした手記」とはいったいどういう意味だろうか。

物語内容は三つに分けることができる。まず、全寮制を取っている一高では、入学と同時に寮生活が開始される。主人公にとっては、『わが胸』で描かれたあの家庭からの解放という重要な体験であり、また、それまでとは違った個性的な友人たちとの交流も始まる。第二に、性の目覚めとでもいうべき体験——ある少女への性のいたずら——がある。第三に、「社会思想研究会」への参加である。主人公にとって本格的な社会科学の学習は初めてのことであり、『空想から科学へ』やユリアン・ボルハルトの『史的唯物論略解』などを熱心に読みながら社会主義思想へ接近するその理由について、こう書かれている。

> 私を社会主義に近づかせたものは、学問の魅力といったものだった。それは未知なるものへの魅力と言いかえることもできる。私が社会主義に近づくためには「はじめはまずありあわせの」こうした未知なるものへの魅力に「手がかりをもとめねばならなかった」のである。

「未知なるものへの魅力」の具体的内容が社会主義思想であれアヴァンギャルド芸術であれ、旧制高校の学生となった主人公にとって、いまや思想の問題が大きなテーマとなったことがわかる。それまでの『わが胸』では、人間的成長を遂げる過程で、個人の性格や家庭環境、生活習慣といった問題が中心だった。ここへきて小説の扱うべき対象に質的な変化が生じ、思想の問題へと移行したのである。それゆえ、昭和の知識人の形成というテーマに関心を持つ本書にとって、自伝的小説がいよいよ重要な時期にさしかかったところで途切れてしまったのはいかにも痛惜と言うほかはない。

この小説が中断したことの理由について、平野謙は、『全集』第三巻解説のなかで、「よくわからない」としながらも、こんなふうに推測している。「ただ作者の眼が生きてうごく社会の動向に自在に投ぜられるようになると、大正十年代の現実より猥雑そのものといった戦後の現実の方が、よりアクチュアルに感ぜられるということはあったかもしれない。かえって、大正十年代の現実をまだろっこしいと感ずるような作家の心が、ついに『或る魂の告白』の第二部を未完のままに終らせたのかもしれない、と思う」。

平野が「猥雑そのもの」と書いて表そうとしている戦後の時代の具体的な内実、さらには「大正十年代の現実」についても、平野自身がどのように認識しているのかはいま一つ不明確ではあるが、一般論として言えば、「大正十年代の現実」と「戦後の現実」には大きな懸隔があるのはその通りだろう。だが、そのような時代の懸隔は、この長編の執筆開始当初からすでに認識されていたはずのものであって、にわかに浮上してきたものとは言えない。おそらく、『風吹けば』を執筆していた昭和三十年代の初め、すでにコミュニズムの思想や運動から一線を画していた高見順にとって、三〇年近く以前の高等学校時代の思想経歴であるとはいえ、それを自伝小説として辿ることは、あまりにも重苦しい課題であり、それ相当の覚悟と精神的準備を必要としたのかもしれない。それゆえこの思想の問題は、形を変えて別の作品で追求されることになる。『激流』と『いやな感じ』にほかならない。

第七章　昭和の時代を描く
――『激流』――

1　明治人の才覚
――父辰吉のこと――

高見順が自分の生きてきた昭和の時代を書きたいと言い始めたのはおそらく晩年になってからのことである。しかし、彼自身が口にするかしないかは別として、高見順の文学は、一貫して色濃く昭和の時代を映し出していると言える。本書は、最初からそのことを強く意識して作品論を進めてきたのだが、昭和三十四年一月から連載が始まった長編『激流』を取り上げるにあたって、あらためて、昭和の時代にこだわった作家ということを強調しておきたい。昭和の時代を書く小説と言ってもいろいろあるだろうが、序章でも触れたように、高見は、「私に即した形でなく昭和時代といったものを書いてみたい」と述べていた。その彼が、エセー『現代史と小説』を書いたのは昭和三十八年六月のことであり、『激流』を病気のために中断する半年ばかり前のことである。昭和の時代を書くことに最も意欲を高揚させていた頃と言えるかもしれない。

『激流』は、永森進一と正二の兄弟が、昭和という時代の波に揉まれながら、それぞれに自分の信念にもとづいて生きようとする物語である。それは、自伝的小説『或る魂の告白』とはまったく違った、本格的な三人称小説として構想された。こうして、『激流』の書き出しは、いわば大河小説を思わせるような、ゆったりとした威風堂々たる書き方で、兄弟の父親が田舎から上京して丁稚奉公をする明治の時代から開始される。

進一の父の辰吉は田舎の中学を出るとすぐその春に上京して、遠縁に当る莫大小《メリヤス》問屋の永森商店に身を寄せた。なまじ、中学に行ったため、百姓嫌いになっていた辰吉の、それは自分からの発意で、村役場などに勤めるより、東京に出たほうがはるかにましだった。村から汽車で小半日かかる町の中学校にはいって、五年間をその寄宿舎ですごした辰吉は、親のもとを離れて暮すことには慣れていた。

なぜ大河小説風かと言えば、『激流』には、時代の流れを総体的に捉えるだけの構成要素と作者の意図とが窺われるからである。その構成要素としては、主人公の進一と正二の、性格がまったく違う兄弟が配置され、兄の進一は左翼運動を、弟の正二は軍人としての生活を象徴的に表している。また、家族構成が、父辰吉と家付き娘である母妙子、もともと永森商店を起こした祖父と祖母、兄弟の妹多喜子、父辰吉の妾とその子などで成立している。こうして、進一が政治の世界を、正二が軍隊の世界、父親辰吉が経済の世界、そして女性たちが時代風俗の世界をそれぞれ象徴的に表現するはずのものとして配置されているのである。

また、作者の意図という点で言えば、作者は昭和という時代がどういう時代であったのか、作中人物たちの生き方を通して描こうとしているのであり、そのことは、この長編小説を読み進むにつれてしだいに明らかとなる。

さて、父の辰吉はどのような人物として描かれているだろうか。彼はあるとき、引っ越しの際に、「明治天皇の御尊影をみずから外して、それを持って人力車に乗り」込むほどの天皇崇拝者であり、また「日本の興隆をそのまま自分の誇りにして生きることのできた明治人のひとり」である。そして、明治天皇の崩御を知ると、「その御大葬をおがみに行き、赤土の地面に土下座して慟哭」するのだった。

「明治人」というのは、おそらく作者高見順が、昭和時代と対照的な日本人として意識していたと思われる存在であって、たとえば、のちに次男正二が参加した「二・二六事件」について、辰吉はこんな感想を洩らしている。

「政党政治があんまり腐敗してるから、こういうことになったんだな」

商家のあるじとして口はばったい政治論をすることは好まない父だったが、天下国家を論ずることの好きな明治人らしい慷慨癖はあって、

「今みたいな世の中では、こういう事件が起きるのも当然だよ」と決起に対して父は肯定的だった。

この明治人辰吉は「家」という論理に縛りつけられている。そして、その姿に、青年に達した長男進一が反撥することになる。

内婿である辰吉は、遠慮がちで目立たない明治人ではあるが、それでも堅実な仕事ぶりで店を拡張する才覚を持ち合わせているし、秘かに妾をかこち子供までもうけるというしたたかさも身につけている。養子という立場のせいで、黙々と仕事だけに打ち込んでいるように見えながら、実は自分の信念を曲げず、また世の中の動きに機敏に反応して商売を発展させる商才は、まさに明治人の典型としての人物像を示しているように思われる。

主人公の進一は、永森商店で生まれた最初の男の子として、祖父母からは溺愛され、母親からも跡取り息子として希望を託されるが、その分だけ養子である父親の眼から見ると、どことなく疎ましい存在である。こうした複雑な家族関係が、少年の成育にとってどのような影響を及ぼすかは作者高見順の大きな関心の一つであり、家族構成と主人公の成長の関係は中心的なテーマとなるはずであるが、この小

説では、そのテーマはしだいに後退していく。それと同時に、父親辰吉は、小説全体のなかでは存在感が薄くなる。作者が、明治人に関心を示しながらも、昭和の時代を描くことに最初から目標を定めているからだ。つまり『激流』は、辰吉を、存在の目立たない、影響力のない父親像にしてしまった結果、三代にわたる家族を中心とした大河小説風な小説スタイルを切り捨ててしまったことになる。さらに言えば、商家の主《あるじ》という人物を設定しながら、この人物を通して経済的世界を描くという意図も実現しにくいものとなってしまった。

父辰吉の描写と作品中の役割について言えることは、辰吉の眼に映じたはずの時代がよく見えてこないということである。商売人として、時代の動きに敏感に反応する才覚を持ち合わせながら、時代の大きな流れを読み取り分析する視点が欠けているのであり、そのことが結果的に、息子進一の生き方に対して肯定とも否定ともつかぬ、曖昧な態度を取らせることになったと思われる。

2 観念としての社会主義
——主人公進一のこと——

父辰吉が明治天皇崩御に際して「土下座して慟哭」したのに対し、そのときまだ四歳にすぎなかった主人公の進一は、わずかに「ギーギーときしむ牛車の音だけが、どういうわけか、幼児の耳にそれが不気味にひびいて心に刻みこまれた」記憶として鮮やかに残っているだけである。進一にとっての明治とは「ギーギーときしむ牛車の音」のようなものであり、その分父親の息子への影響力も稀薄なのである。昭和の時代に生きる主人公を描くことに主要な狙いを置いているこの物語では、大正時代はほとんど省かれているが、わずかに、大正十二年九月の関東大震災は、主人公進一が高校進学のための受験勉強から一瞬解放された事件であり、精神的休息であったとされている。

縁側に上って、戸袋から雨戸をひき出した。震動で家が歪んだのか、その雨戸が敷居からはづせない。進一は雨戸を蹴って無理にはづして、庭へ放り投げた。普段はできない乱暴が進一には愉快だった。自分に強いられた現在の、非人間的とも言いたい生活から、この地震が自分を解放させてくれるかもしれないと、進一は心を弾ませていた。

「非人間的とも言いたい生活」とはいかにも誇張された表現だと感じられるが、要するに、一高に進学するために、家族から強制された受験勉強に没頭せざるをえない受動的な生活のことであり、先取りして言えば、進学後に訪れる社会主義の学習という新たな体験と対比するために、強制的な勉強がことさら誇張されているのである。

中小企業である永森商店は、大震災後の物資不足を巧妙に乗り切り、商売を拡張し発展させる。経済的、社会的混乱のなかで、主《あるじ》である辰吉は、「農民的な」ねばり強さを発揮し、金もうけに奔走する。こういう父親の姿に、主人公は何の関心を示さないどころか、それを無視するかのように、ひたすら受験勉強に没頭する。

一高への進学を果たし、家族から離れて寮生活を送ることで、進一の精神はいっきょに解放される。旧制高等学校の学生生活は、同級生から初めて社会主義について聞かされる場ともなる。「今まで受験勉強に没頭していた進一は、社会主義は『危険思想』だという以外には何も知らなかった」のであるが、彼は社会主義を学ぶことによって、しだいに「社会」そのものを知ることになる。しかし、その「社会」も、まるで受験勉強と同じ調子で社会主義の著作を読んだことから得られた知識にすぎず、学生特有の観念的なものにすぎない。そのことは次のように書かれている。

危険視されていた社会主義を学んで初めて進一は、社会とは何かを知りえた。まことに、それは目がくらむようなおもいだった。（中略）現実の暗い、許しがたい事実を知ることが、悲しみよりもむしろ喜びをもたらしたと言ったほうがいい。あの地震も進一に与えてくれなかった解放がそこにあった。進一の喜びは解放の喜びであった。

その喜びは進一にとって、人生を知る喜びになっていた。それはほんとうは観念的な喜びなのだが、人生を知らない進一には、そうした喜びのほうが魅力的だった。

社会主義に関する著作を読んで人生を知りえたという喜びに浸ることが、いかに観念的、主観的なものであるかは言うまでもないだろう。ところが、それは「解放の喜び」でもあった。この場合の「解放」とは、単に受験勉強からの解放というよりは、家族からの、周囲のさまざまなしがらみからの解放である。父親の辰吉が営んでいるのは、ちっぽけなメリヤス問屋の中小企業にすぎない。したがって、この場合の解放感は、家業に対するものというよりは、教育制度や家族制度などの旧弊たるしがらみからの解放と受け取るべきものであり、「解放」は社会的な解放ではなくて、個人的レベルの解放である。それはまた、両親（とりわけ母親）の期待している進路とはまったく逆の道へ踏み出そうとしながら、なおかつその道へ決然と進み出せないような精神の状態を示している。

そして転機が訪れる。理論から実践への転機である。実際運動からは努めて一線を画していた進一が「よし！」と決意したのは、浮気がばれて、義母と妻の前で意気地なくうなだれている父親の姿を目撃したときだった。そのときの様子がこんなふうに描かれている。

理論だけ学んで、実践から身を離していた自分を、これもいくじがないものと、はっきりこのとき断定を下した。そんな自分も憎まねばならないのだ。ふがいなさは、ひとごとではなかった。（中略）

進一の社会主義研究は、社会や人間における不正への怒りを進一のうちに目覚めさせていた。父の不正に対しては当然、母とともに糾弾すべき進一だったのに、逆にここで、母を嘆かせることが明らかなその決意によって、むしろ父の不正に荷担するみたいな奇妙な結果になった。進一が奇妙な根なし草だったせいだろうか。

父親の浮気という「不正な」行為と、社会主義運動に飛び込むという行為とが、母を嘆かせるという点で同じものとして描かれている。まことに「奇妙な」論理である。その原因を「奇妙な根なし草」ということばで説明しようとしていることもまた理解に苦しむ表現である。根なし草とはこのあとの進一の生き方を暗示した表現なのであるが、それは生活基盤のない者ということだけではなく、精神的、観念的な根なし草でもあって、父親への反撥という気持だけで、確固とした理由もなしに運動へと飛び出すことを意味する。根なし草のような進一は、このあと激動の時代を生きてゆくあいだ、その特徴がいつまでも進一の生に付きまとうことになる。

ところで、日本の近現代史に汚点を残す「治安維持法」が施行されたのは大正十四年三月であるが、それを受けて、進一の所属する「社会科学研究会」にも解散命令が下る。そして、進一が大学一年のとき、無産青年同盟の活動に加わったために逮捕・拘留される。ときはもう昭和の時代に入っている。昭和の時代を描くための小説技法は、明治の時代とは違って、カメラがズームインするかのように対象が限定され、クローズアップされていく。

進一は書類送検だけで済み、釈放される。釈放されたあと、次にどういう行動を取るべきか、「闘争の道へと直ちにまた自分を進めさせる以外に、道はない筈だった。彼の思想はそれを彼に命じていた」にもかかわらず、にわかに決心がつかない。そして、「長い旅の疲れが出たみたいに、寝込んでしまう」のだった。

昭和二年五月には日本軍の山東出兵があり、そうした日本の情勢について、社会主義研究会の先輩にあたる殿木と進一との議論がある。二人のあいだで語り合われる情勢分析によれば、国民の目を外に向けさせて国内矛盾を見えなくさせるのが山東出兵の狙いであるということになる。また、昭和二年の経済恐慌についても殿木の口を通して分析が試みられるが、それはこんな具合である。

「パニックは矛盾の先鋭化の現われだが、しかもそのパニックによって、結果としては日本資本主義が強化されてるね。資本の集中と独占化が、結果としてもたらされている。たとえば今度のパニックで、政府の出した救済資金は、ほとんど一流銀行に吸収されてしまったのが現実だ。そうして金融資本が強化されたということは、日本資本主義が同時に強化されたということだな」

学生らしい観念的なことばの羅列である。これからはマルクス主義をさらに研究するという殿木のことばに疑問を感じながらも、進一は再度実践活動に踏み込むだけの確信を持つことができない。そんな議論のあと、彼らは鎌倉の浜辺に出て、進一が砂のなかに手を差し入れ、砂を掬う場面がある。

その手を進一は砂のなかに差しこんだ。熱いのは表面だけで、下の砂はひやりとしたつめたさを、秘密めいた感覚とともに進一の手に伝えた。（中略）進一は熱い砂を手ですくった。乾いた砂は痩せた指の間から、たあいなくこぼれて行った。みるみる、砂は逃げて、手のなかにとどめることはできなかった。

なにげないこんなことが、むしろ屈辱のおもいを進一に与えた。湿ったつめたい砂なら、手の中にとどめることができると、そんな分りきった、はじめから分っているようなことを自分で発見するまで、進一は幾度か砂をすくいつづけていた。

表面の、乾燥して熱い砂は、いくら掬ってみても手のなかに留まることはない。ただ空虚にこぼれ落ちるだけで、あとには何も残らない。底の方の、湿った冷たい砂は、手のなかに留まっている。現実感を伴ってそこにある。進一にとって、この現実感を確かめ、噛みしめることが必要だったはずだ。社会の表面だけを見るのではなく、その底の方で蠢いている現実社会の重みと手応えをしっかり感じ取ることが重要なのだと、この象徴的な情景が語っている。観念的世界と現実社会との驚くほどの隔絶――進一が感じさせられたのはこうした乖離にほかならない。

3　不自然な日常
——再び進一のこと——

進一は再び組合活動に没入する。しかも、その任務を隠蔽するために、活動家の妹と偽装的な結婚生活を送っている。彼は、どのような理由から、どんな気持で再度組合活動に復帰することになったのか。

それまでの体験と、自分を取り巻く状況と、自分自身の将来あるいは家族や友人との関係といったさまざまな思惑や思考が渦巻いていたと想像されるのに、それほど熟慮の上の結論というふうにも見えない。

進一の場合はしかし、弾圧がひどくなってから、むしろ逆に運動に飛び込んだのだ。運動が苦しい状態に追いこまれてから、逆にそのなかにはいって行った。

肉体も弱く、自分は実際運動には向かない人間だと思って、一時はそれから遠ざかり、調査所〔労働条件、争議の実態などを調査する民間組織である〕にはいっていた彼も、運動の苦境を坐視できなくなったのだ。たとえ非力の自分でも、この自分を運動に捧げることで、すこしでも役に立てばという気持だった。

運動へのこのような参加はヒロイズムとは違う、と作者は説明する。

研究会時代の進一の友人で、三・一五や四・一六で捕えられた者はすでに投獄されていた。進一は中途で足ぶみをして、運動に戻ったのだ。その足ぶみを、今となると進一は、卑怯だったと思う。自分の弱さをそこに見る。改めて階級闘争の一兵卒として自分を鍛え直したいと考えた進一の心はヒロイズムとは遠かった。

ヒロイズムではないが、しかし、「悲壮な自己犠牲の意識」が働いている、と作者は別のところで言っている。「自己犠牲」という表現自体がインテリの一種の思い上がりと言えるかもしれない。「悲壮な自己犠牲」とは、昭和の初期に左翼運動に身を投じた者特有の時代意識なのだ。

昭和七年に、世に言う「三二年テーゼ」が発表される。このテーゼの内容についてかなり詳しく紹介されているところに、この小説の特徴があり、作者の腐心もある。その上で、主人公進一の、この方針に対する「疑問」が次のように述べられる。

進一は理論的にはその正しさを認めたが、組合活動における実践の面では、そこに大きな困難があると思った。困難であって、疑問ではない。しかし、やり方ひとつでは、疑問にさえなりかねない。（中略）帝国主義戦争反対、天皇制打倒のスローガンを、なまのまま、大衆のなかに持ちこむことが、正しい実践的活動かどうか。（中略）だが、上部機関からは、そうしたスローガンをかかげての闘争を公然と行うことによって、はじめて組合活動における革命的な独自的指導が可能なのだという指令が来ていた。

そして作者は、「激流に似た激烈さはこのときからはじまった」ことを確認している。「激流」とは、時代状況のいっそうの苛烈さと、それに対抗する闘争方針の先鋭化、上部機関の下部への絶対的指令、大衆レベルでの運動の困難さなど、昭和七年頃から始まる厳しい反動の時代の全体を表現している。この「激流」のなかで、組合の闘争方針に少しでも批判的な意見を述べると、「それは日和見的消極性だ」とか、「インテリ出の陥りやすい最小抵抗戦術だ」と決めつけられてしまう。

こうした活動を続けているうちに、主人公は逮捕され、投獄される。「プロレタリア作家のKを拷問で殺したことからその名が有名になっている本庁の特高刑事」から、苛酷な拷問を受けるが、進一は黙秘を続ける。そして、祖母の死に際していったん帰宅を許されるが、血を吐いて倒れる。ひどい喀血のために瀕死の状態に陥った進一は、書類送検で起訴留保と決まる。

サナトリウムでの療養生活は二年にわたり、その間偽装の同棲生活を送っていた早苗が看病にあたっている。そして、退院と同時にふたりは正式に結婚する。だがそれは、何だか行き掛かりといったような、説明しがたい結びつきのように見える。

進一と早苗を結ばせたものが、はたして愛かどうか、それはほんとうのところ疑問なのだった。愛から出発した結びつきかどうかは分らない。敗れた者同士、傷ついた心をいたわりあうところに、いつか離れがたい感情が生じたのかもしれない。だとしても、それが愛の出発より、二人を結びつける力において弱いとも言えない。

何とも歯切れの悪い文章であり、関係である。ふたりのあいだは何かにつけてギクシャクしている。進一と早苗の関係は、最初は世間や官憲の目をごまかすための偽装的な「同棲生活」から始まっているが、このハウスキーパー的な、不自然で差別的な男女関係を、作者はどのように見ているのか。ひとりの女性を、どのような「大義」であれ便宜的に利用することは、とうてい許されるべきことではないだろう。したがって、この偽装的同棲の責任は男性の側にある。しかしながら、作者は必ずしも早苗を同情的に描いているわけではない。たとえば、ふたりの結婚のささやかな祝宴の席上で、かつての番頭だった源七がひどく酔っぱらう場面で、こんな描写がある。

毒づく源七の横顔に早苗はひどく冷静な眼をそそいでいた。正二はこの早苗や進一の仲間のいう客観的な眼とはこういう眼かもしれぬと思った。嫌悪はないが、愛情もない。無関心とも好奇心ともちがう。

鎖につながれた犬が凶暴な吠え声を立てているみたいな源七の、その顔はみじめな醜さでゆがみ、悲惨と言いたいくらいだった。それをまるで生きものとは別の、感情も生命もない物体でも見るような早苗の眼だった。その早苗自身、小さいが、堅固なブロンズ像のようだった。

「堅固なブロンズ像」のように、「客観的な眼」をした、感情も生命感もない女性というのである。ここにはむしろ、作者自身がこの女性を見つめる冷たい視線があるように感じられる。進一が、ほとんど壊滅状態となった共産党の活動にいったんは戻ろうと決意しながら、最後には日本を飛び出して満州に活動の場を見出そうとする原因の一つに、このような早苗との日常生活が介在しているのは確かなように思われる。

4 事件と証人
――弟正二のこと――

正二は、兄の進一とは違って秀才タイプではなく、勉強も好きな方ではない。それでも将来家業を継ぐことを念頭に置いて、慶応の予科に進学する。昭和五年のことである。正二には彼なりの精神的成長過程があって、それは兄進一とはまったく違ったものである。彼の精神的成長は、年上の女性との付き合いによるところが大きい。美弥子という演劇部のマドンナや、兄の友人である殿木の恋人だった澄江との付き合いなどである。

昭和六年、夏休みが終わって大学に戻った九月に、満州事変が勃発する。翌昭和七年五月には五・一五事件が起こり、犬飼首相が青年将校によって暗殺される。だが、正二にとってはこうした政治的事件は興味の対象とはならない。「五・一五事件の数日前に、正二と同じ大学の上級生が、大磯の坂田山で恋人と心中した。正二には、五・一五事件よりこのほうがずっと興味のある事件だった」とあるように、正二という人物は、政治よりも恋愛の方に関心を持っている者として描かれている。

正二は徴兵検査で甲種合格となり、大学卒業を待って入営することになる。昭和十年十二月のことである。彼は「兵隊に取られることをさして苦にしていない」のだった。左翼運動に趨《はし》って病気となり、徴兵検査を免れている兄進一と比べて、「兄貴の分を、きっと俺は勤めさせられるだろう」とうそぶくほど、正二は徴兵を当然の任務と考えている男なのだ。

入営から三カ月ばかりが過ぎた昭和十一年二月二十六日、いわゆる「二・二六事件」が勃発し、正二の所属する中隊はこの事件の中心部隊となる。しかし、その渦中にあって、正二はそれがどのような事態なのか知るよしもない。

二・二六事件とのちに呼ばれた反乱がいま正に行われようとしているときなのだった。火山にたとえれば爆発寸前のときだったが、それを正二は渦中に身をおきながら知らなかった。この変な非常呼集は反乱のためのそれなのだということが正二には分らなかった。反乱軍のなかに自分が加えられようとしている事実に正二は気づかなかった。有無を言わせず、加えられるのだが、そうした事実を自分では知らない。なにも知らないで反乱軍に加えられていたのだ。

事件の渦中にあって何も知らされていない初年兵にとって、その事態がどのような性格のものであるか見当もつかないのはむしろ当然である。しかし、その「事件」の内部で、当の本人たちがどのような動きをしているのかはつぶさに見ることができた。ところが、その内部を、作者自身は体験することができない。体験しえない事件の内部を、そこに巻き込まれて行動をともにしている主人公の目で描くところに、高見が『現代史と小説』で触れた「資料」と「盗用」の問題が生じる。
作家は歴史家ではない。あるいは、想像的歴史家である。作家は、自らが直接体験していない歴史的出来事を描く場合、自分が歴史家でない以上、歴史専門家の研究した客観的事実を資料として利用するか、あるいは、その出来事を直接体験した人々の声を聞くか、体験記などの証言を活用する以外に書き進めることはできない。あとは、それらの「資料」をいかに整合的に構築して、自分なりに納得しうる物語をつくり上げることができるか、つまり想像としての歴史を構想しうるかどうかにかかっている。作家の想像力とは、さまざまな「資料」を駆使して、現実＝歴史を構築することである。他人の資料をそのまま盗用するのではなくて、さまざまな資料をいかに組み立てて再構成しうるかなのである。二・二六事件を客観的に外部から記述するのではなく、事件のただなかで生き、行動しているひとりの兵士の目を通して描こうとすることが作家の想像力である。ここでは、永森正二という、たまたまこの部隊に所属したひとりの初年兵の視線を通して二・二六事件が描かれている。しかし、くり返して言えば、渦中の正二にとって、「二・二六事件」は存在しない。逆に、この事態のただなかで正二の眼にはっきりと見えてくるのは、左翼運動に傾倒している兄進一と自分との違いということだった。

兄貴とちがって平凡に生きたいと俺は思った。だが、この俺は勝手な兄貴のちょうど裏返しみたいな人間かな。だから、やっぱり変わってるのかな。俺をこういう人間にしたのは兄貴かもしれない。

兄貴とちがった人間になろうと思って、こういう人間になった？　だったら、左翼の兄に対して、俺は右翼になるか。

いままで秀才の兄に対してたえずコンプレックスを感じ続けてきた弟の正二は、この二・二六事件の体験のなかで、自覚的に自らの生を確認しているとも言える。事件を指揮した中隊長とともに死ぬことを覚悟することによって、正二は「二・二六事件」を理解し、それを生きている。「正二は大尉の純粋な憂国精神を一瞬にして理解した。大尉の憂国の志はそのまま正二のものになっていた」からである。中隊長の自決の場面で、この物語のもうひとりの主人公である兄進一のイメージが比較されるのは、まさに作家の想像的歴史家としての仕事である。自ら拳銃の引き金を引いて倒れた中隊長の身体から鮮血が流れている。その光景はこんなふうに描かれる。

血が雪にしみて、ひろがって行く。かき氷のイチゴを思わせる美しい色だった。正二は兄の進一が喀血したときに見た血の色を思い出した。（こんなときまで、兄貴がつきまとってくる……）正二はそれがいまいましく、兄貴のあんな血などより、大尉のこの血の色のほうが、ずっとずっと美しく、純粋だと唇を噛んだ。

中隊長の血の色を目にしながら、正二は兄への批判的な見方を増幅させている。やがて間を置かずに、正二の部隊は満州へと派遣される。

5　兄と弟のこと

弟の正二にとって兄の進一は、その意識に付きまとって離れない存在である。このあまりにも対照的な兄弟は、小説のなかでは、兄弟だけで顔を突き合わせて話し合う場面が意外に少ない。その数少ない場面は、自宅を離れて下宿している進一に、正二が家からの生活資金を届けに来るところである。弟は自分の奢りで、レストランで食事をしている兄の様子を見ながら、次のように観察している。

これは、どういうんだろう。思想がこんなに強い力を生身の人間に持ちうるとは、正二には考えられないことだった。観念が人間をこのように支配する力を持っていようとは、正二には想像もできないことだった。

ほんとに革命を信じているのだろうか。今の世の中を、自分たちの手で変革できると実際に思っているのだろうか。

正二から見れば、革命運動に身を投じている兄の姿が、理解しがたい不思議な存在として映っている。兄弟でありながら、兄の思想や立場が信じがたいほどかけ離れたものに見えるのである。それほど、この兄弟は何もかも対照的に描かれている。この対照的な関係は、革命運動に参加して現状を否定する兄進一の立場と裏腹の関係にあり、したがって、正二は現状肯定の立場である。あるいは、作者によれば「肯定も否定もない。肯定とか否定とかいうことと土台、正二の心は無縁」ということになる。「若いけど夢のない人」と人から言われるような存在なのだ。

その彼が、「錦旗革命」と称される二・二六事件に参加させられた。「参加する意志がなくて、参加している。現状否定の心など微塵も持ってない正二が現状否定の革命に参加させられている」のである。正二は兄との対抗関係のなかで成長した。たとえば、二・二六事件のただなかにあって、一瞬だけ自分の人生を振り返る場面がある。

正二はそうした自分を、いやな奴だというふうには思わない。しかし昔は、いい子だったとは思う。それが変わったのは――兄のせいかもしれないと思う。兄のあの現状否定が自分を、夢のない人間と澄江に言わせたような自分にしたのだと思われる。兄のエリート意識に反発したのは、たしかだった。非凡ぶるのが、いやだった。正二の嫌悪を特にそそるほど兄が非凡ぶっていたとも思えないが、兄のようなエリート意識のない平凡な人間でありたいと正二は思ったのだ。

兄進一と対照的な存在であるために、ここではひたすら「エリート意識のない平凡な人間」を強調することになっている。これでは、対照的ではあっても対抗的な存在とはなりえないとも言えよう。それゆえ、二・二六事件においても、その渦中での目撃者であり体験者ではあっても、その賛同者でも犠牲者でもなく、ましてや意志的な実行者でも推進者でもありえないのである。作者は、正二という人物にあまりにも「平凡な人間」を強調しすぎてしまった。そこで、このような人物設定を補完するかのように、『激流』と並行して『いやな感じ』を、昭和三十五年一月から『文学界』に連載し始めることになる。その間の事情は『日記』のなかでこんなふうに書かれている。

> 『世界』の小説〔『激流』のこと〕は今まで、実に書き渋って、苦しんだ。もうすこし楽に書けるようにしたいと思って、『文学界』の仕事〔『いやな感じ』のこと〕をはじめたのだ。仕事がふえて、いけないようだが、『文学界』の仕事は、思い切って乱暴に書いてみたいと思ったのだ。抑制で疲れないようにして、強い主人公をのびのびと書いて行こうと思った。そして『世界』を書くときの抑制の苦渋から私を救おうとしたのだ。

「抑制の苦渋」と言われているものが、『激流』の書き方全般に及んでいて、単に正二という人物だけを指しているのでないことは言うまでもないが、それにしても正二の描き方はあまりにも抑制が利きすぎていて、その生き方に主体性が欠落しているように思われる。自らの時代をいかに主体的に生きるか、主体的な生を生きるものこそ「強い主人公」であり、主体的人物を描くことによって「昭和時代というものを、その結果として書いたという仕事」(『現代史と小説』)が実現されると言えるのではないだろうか。

6 満州へ

進一の方は、その後雑誌社の友人の奨めで、評論の執筆に取り組んでいる。彼が書こうとしているのは、大げさにいえばインテリの生き方についてであるが、別の言い方をすれば、精神的デカダンスの問題である。しかし、具体的にどのような評論が書かれたかは小説のなかでは示されていない。ただ書こうとしている内容だけが、現在の精神的状況として描かれているだけである。当時の精神的状況とは何か。

良心の挫折はかつての急進的なインテリをデカダンに陥らせていた。そしてそれは一般に現代のインテリの精神的傾向になっていた。すべてを悪しき状況のせいにする、主体性の喪失である。歴史の進行は、それが必然的なものなら、人まかせにしておいてもいいという類いのデカダンからはじまって、さまざまのデカダンが生じていた。

つまり、昭和十年代におけるインテリの生き方とは、「こうしたデカダンから立ち直り、精神の健康を取り戻すにはどうしたらいいか」という課題と結びついていた。この時代の「悪しき状況」とは、単にマルクス主義や左翼的思想だけではなく、自由な思想や言論までもが弾圧の対象となっている状況のことである。そうしたなかで、デカダンスに陥らずに、主体的に生きる道を探すことは極めて困難な課題であって、主人公の進一はひたすら「生活に即《つ》かねばならない」と考えている。しかし「生活に即《つ》く」ということもまた観念的な願望なのだ。ただここで強調しておくべきことは、高見の他の作品とは違って、進一のことを単純に「転向者」と見なすことはできないということである。病気や家庭の不幸などの事情で運動から離脱することはあっても、転向を誓約して獄中から釈放されたという経験を持ってはいない。『激流』を、高見の他の作品に見られるような転向の物語として読むことはできない。なぜなら、進一は「党再建のために働くことを今は決意していた。熟慮の末の決意だった。重野〔かつての組合活動の仲間〕から連絡があったら自分の決意を告げようと待っていた」からである。

しかし、その重野からの連絡がないまま、あるとき、いまは満州国政府の産業部で働いているという、かつての友人と出会う。この友人は、以前とは違って、「大地に根をおろした人間の逞しさ」を持っているように進一には感じられる。それは、すでに触れた「奇妙な根なし草」とは決定的に違う存在である。こうして、主人公進一に新しい視界が開ける。
広漠たる満州の原野が進一の眼前に展開した。それは進一に、
（君も、どうだ……）
と呼びかけてくる。知らない人生、新しい生活が進一を力強く招いた。

どうやら、主人公をこの時代の日本の本土のなかに閉じ込めておくことは、左翼運動がほとんど壊滅状態にある状況では、どうにも不可能なように見える。そこで作者が主人公のために選んだ道は、日本を脱出して満州へと場所を移すことであった。軍部が跋扈する満州という土地での左翼的運動は果たしてどこまで可能か。それは一種の賭のようなものであろう。

『激流』の第二部は、引き続き雑誌『世界』の昭和三十八年三月号から十一月号までのあいだに七回発表された。この第二部は、進一が満州へ渡って半年経ったところから始まる。まず彼が満州へやって来た理由が簡単に触れられている。

進一が満州に来たのは、就職が目的ではなかった。左翼運動のときもそうだったが、上部機関の指導者になりたいという気持はない。じかに満州農民のなかにはいって、合作社運動をしたいと思った

進一は農業関係の本をあたかも受験勉強のようにむさぼり読んだ。

「合作社」について、作者はかなり詳しく設立の経過を書いている。佐東第四郎（実在は佐藤大四郎）の当初の目的は、満州農民を現状から救済するための協同組合組織を設立することにあった。しかしそれは、関東軍、満州国政府、日本政府派遣代表によって骨抜きにされ、農産物収集の官僚統制機関として利用されようとしている。佐東らは「合作社」の内部に入り、農民とじかに接することで、協同組合の精神を生かそうと努力する。進一はそんな佐東第四郎に共鳴して、合作社運動に飛び込んだのである。

しかし、歴史の現実は、昭和十二年七月に蘆溝橋事件が勃発して日中戦争が始まり、戦火は上海にまで飛び火して、反日運動が広まってしまう。進一は満州人の理解を得ようと努力するが、個人の善意だけでは状況を変えることはできない。ある満州人の知人と話し合おうと、ハルピンにある「大観園」という阿片窟へ出かけるところで、小説は中断されてしまった。

満州は、進一にとって、日本ではもはや果たしえなかった夢をいささかなりとも実現しうると思われた土地であった。しかし、日本人移植者たちが、中国人農民から土地を収奪して居座ってしまった満州で、双方の理解が深まるわけがない。進一の努力も徒労に終わるしかないことが予想される。

一方、二・二六事件のあと満州に配属された弟の正二は、第二部ではまったく登場していない。満州の日本軍を小説のなかに描こうとすれば、それこそ泥沼に陥るしかないのかもしれない。高見の「昭和の時代を書く」という野心は、まったく違った構想の下に再出発するしかなかったと言わざるをえない。

いずれにしても、『激流』こそ、著者が苦心に苦心を重ねて昭和の時代を描こうとした、高見順の代表作であり、最後の長編小説にほかならない。

第八章　動乱の昭和
――『いやな感じ』――

1　「異端」と「正統」

長編『いやな感じ』は、『激流』とはまったく違って、アナーキストでありテロリストでもあるひとりの主人公の活動を中心にした、これもまた昭和の時代の物語である。

『激流』の執筆だけでも呻吟して雑誌の掲載が滞りがちだったのに、あえて『いやな感じ』を並行して執筆した理由については、前章で、『日記』の一節を引用して少し触れておいた（二〇三ページ参照）。そのなかで、「強い主人公をのびのびと書いていこう」とあるのは、アナーキストでテロリストの主人公加柴四郎が辿る過激な一生を奔放に描くことを意味していた。それはまた、『激流』を書いているときの「抑制の苦渋」から逃れるためでもあるということであった。
この日記の文章だけからは、「抑制の苦渋」とはいかなる精神的状態を指すのか、「思い切って乱暴に書いてみたい」とはどのような書き方なのかは十分に理解できないのであるが、あらためてこの「抑制」ということばを考えてみると、少なくとも二つのことが推察されるように思われる。一つは小説の書き方ないし構成の問題であり、いま一つは主人公永森進一の生き方に関わる問題である。

『激流』の物語は、すでに述べたように、構成がまことにかっちりとした、本格的な小説としての家族の物語として構想された。複雑な家族関係のなかでのふたりの兄弟の物語には、自ずからさまざまなしがらみが付きまとう。そこに予期せざる筆の「抑制」が働くとしても不思議ではない。

また、主人公進一は、労働組合運動や共産党の下部組織の活動に関係して逮捕される経験を持つが、病気その他の理由で活動を休止することはあっても、活動への意志は変わらず、最後は満州に渡って農民の組織化に力を尽くそうとする。彼には、勝手気ままな生活とか個人的で自由な生き方は許されず、組織上の論理が優先しているように見える。進一の生き方とその描写に、ある種の「抑制」が働いていると考えられる。

また、『激流』における時代背景も、進一の立場を中心にして、進一と作中人物に関連したことに限定されて描かれているところがある。たとえば、主人公がまだ中学生だったときに起こった、大正十二年の関東大震災の体験はかなり詳細に描かれているが、このとき同時に発生した大杉栄らの扼殺事件については一言も触れられてはいない。なぜこういうことが起こるのかといえば、主人公進一の目と体験を中心にして時代を見るという方法が取られているからである。

一方、『いやな感じ』では、主人公加柴四郎の、大杉栄との思想的な出会いが次のように書かれている。

> 俺は中学四年のときに、大杉栄の本を読んだ。恐ろしい人のように言われ、恐ろしい本のように言われていた大杉栄の本を、俺は恐ろしいという噂にひかれて読んだのである。読んで、俺は恐ろしいなんて感じなかったと言い切っても、うそになるが、恐ろしい真実を知らされた感動のほうが強かったことも事実である。

これは小説というフィクションからの引用であるが、ここで「恐ろしい真実」と言われているものが「社会主義」のことであるのは、『革命的エネルギー』（昭和三十三年）と題されたエセーを読めば明らかである。

偉大な、そして魅力あるこの革命家（大杉栄のこと）の名を、私が知ったのは中学生のときだった。それまで「白樺」的人道主義に傾倒していた私は、この大杉栄によって社会主義への眼をひらかせられた。と言っても、その著書を読むだけで、まだその運動に近づくまでには至ってなかった。

第六章でも述べたように、高見順が大杉栄を読んだのは中学生の頃であり、そのことによって、白樺派の人道主義から社会主義思想へと開眼したのだった。そして、旧制高校へ入学してから学内の思想研究会に参加するのであるが、その時期にはアナーキズムは後退していて、思想運動の主流はコミュニズムが占めていた。だが、高見順の根源には、むしろアナーキズム的なものが潜在していたと言える。そのことを、同じ『革命的エネルギー』は告白的に述べている。「私はマルクス主義を学ぶ中途で一度、初期マルキストのひややかな理論一点張りにやりきれなさを感じて、激情的なアナーキストの群に近づいたことがある」。さらに、アナーキストに近づいたことの理由を、こう書いている。

> 初期マルキストには自己否定の暗さがともなっていた。当時のいわゆる理論的武装は、生命的エネルギーの拡充とは逆の作用をしていた。これに対してアナーキストの反逆的激情には生命的解放感があった。アナーキストの反逆は生命の燃焼であり、生命の肯定的躍動としてのその反逆には、自己否定的反逆に見られない革命的エネルギーが感じられた。

こうして見ると、高見のアナーキズムへの関心は理論的なものではなく、あくまでも「生命の肯定的躍動としての反逆」の魅力にこそあったことがよくわかる。本質的に小説家であった高見順にとって、社会主義への接近とは、理論的な側面というよりも精神的な反逆という側面が主流だったのである。『いやな感じ』の方が「のびのびと書く」ことができた理由は、「自己否定的反逆」ではなくて、思い切って「生命の燃焼」を描けると思われたからにほかならない。

ついでに言えば、「アナーキストの反逆」は、若き日の高見順にとって、ちょうどその頃わが国に紹介されたばかりのダダイズムと容易に結びついたということである。昭和三十七年三月の論文『純文学と昭和文学』のなかで、高見は大杉栄の著書『生の拡充』について触れながら、こんなふうに書いている。

当時の言葉で言えばプチ・ブル性の清算を要求するマルクス主義はインテリの私にとっては「生の拡充」とは正反対のものだった。文学青年の私の心のどこかに「生の拡充」としての反逆を欲した。（中略）自己の「生の拡充」を否定し圧迫することが被圧迫階級の解放への献身になるのだということを理論的には承認しつつ、反抗的な青春の魂はやはり自由な自己の解放をもとめた。乱調のダダイズムにひかれて行ったのはそのためである。

言うまでもなく、アナーキズムとダダイズムとは別様のものであるが、大杉栄の言う「生の拡充」を反逆精神と理解し、それをダダイズムの反抗精神と結び合わせたところに、「反抗的な青春の魂」を抱いていた若き日の高見順の特徴があると言うべきだろう。

高見順が「自分の生きてきた昭和の時代というものを書きたい」と願望したが、昭和の時代をできるだけ多角的、重層的に描くためには、自分が当初一時的に関心を寄せ、そして切り捨てた思想を掘り起こすことも必要だと考えたに違いない。彼が『朝日ジャーナル』の昭和三十七年十一月二十五日号に『大杉栄』を執筆したのはそのためであっただろう。大杉栄を評価し、その業績を紹介したこの概説的な論文は、大杉栄が今日無視に近いような扱いをされていることに対して、「労働運動と社会主義運動とを結合したその功績まで無視されていいのだろうか」という問題視点を提出し、大杉のなかに存在した「革命的エネルギー」をあらためて評価しようとしている。

> 革命運動とは「生の創造」なのである。「生の創造」であるところに革命的エネルギーが生ずる。自由を欲する全人間的な自由な情熱のうちにこそ、真の革命的エネルギーが燃え立つ。革命的エネルギーは自己犠牲のヒロイズムのうちにあるのではなく、自我と生の拡充のうちにある。

大杉栄を評価するということは、自我と生の拡充こそが革命的エネルギーの根源であるというその考え方に賛同することである。そこから逆に、「自己犠牲のヒロイズム」を主張するコミュニズムへの批判も生じてくる。アナーキズムからのコミュニズム批判は『いやな感じ』のなかでも、「アナ・ボルの対立」としてたびたびくり返されるものであり、それはたとえばこんな具合である。

俺たちアナーキストはボル派に、こうして罵られ、嘲られ、さげすまれ、呪われて、そうして労働者たちから裂かれ、遠ざけられ、「仇敵」のごとく追いまくられた。そのため、俺たちは俺たちの革命エネルギーをどう働かせたらいいか分らないままに、「無頼の巣窟」へと化して行った点がなくはないが、それも俺たち自身のせいというだけではなく、ボル派に追いまくられて、そうなった点だってあるのだ。

高見順の作品のなかでも、これほどコミュニズムを批判的に描いたものも珍しい。コミュニズムとの対立で劣勢となり追いつめられるアナーキストの様子が同情の目で描かれている。アナーキストがテロリズムに趨《はし》ったのも、コミュニズムに徹底的に否定され、叩かれたことに起因しているというのである。このようなコミュニズム批判の作品を書いたことについて、本多秋五は、「大疑アレバ大信アラン」(『文藝』昭和三十八年十月)のなかで、高見の内部に潜在していたアナーキスト的傾向についてこう指摘している。「当時すでに作者の意識の一隅におしこめられていたものの再検討、それの再認識でもあるのだろう。そこにはまた、もはや完全に過去に埋没し去ったと思われていたアナーキズムの意義が見直され、ふたたび陽の目をみるのは困難かと思われた大杉栄全集が新たに出版されるといった最近の情勢、つまり、スターリン批判が生んだ末ひろがりの連鎖反応がもたらした時勢の作用が、確かにあると思う。そのことを抜きにしては、この小説の成立は考えにくいと思う」。

これをそのまま受け取れば、スターリン批判、コミュニズム批判の時流に乗った小説ということになってしまうが、そこまで言わなくても、高見が昭和三十三年に発表した『日本共産党のお忘れもの』などを見ても、戦前とは違って、硬直した組織に対する批判をはっきり口にしているのは事実である。

こうしてみると、『激流』が、それまでに高見が書き続けてきた作品群の集大成的な意味を持つ小説であるのに対して、『いやな感じ』は、それまでにあまり書かれなかった種類の小説に属する。前者が戦前の昭和の時代を真正面から取り扱おうとして苦しんだ作品であるとすれば、後者は時代を裏面から探ろうとした力作であった。それゆえ、『激流』の主人公永森進一が「正統」であるとすれば、『いやな感じ』の加柴四郎は「異端」ということになる。これが「抑制の苦渋」からの解放を求めた理由である。

2　加柴四郎という主人公

主人公加柴四郎（物語では「俺」という一人称で登場し、作品全体を通して語り手でもある）が、大杉栄の著書に触れたのは旧制中学の四年生、つまり十五歳の頃となっている。これは作者高見順の実体験とも一致する。高見はその後一高に進学して、しだいにマルクス主義思想へと傾斜していくが、『いやな感じ』の主人公の方は、十九歳のとき、大杉栄扼殺の復讐を果たすべく、「福井大将」暗殺計画に参加している。加柴四郎は、物語が始まるときには二十二歳のアナーキストであり、同時にテロリストとして登場するのである。

ある日、「俺」は、右翼の支那浪人である斎田慷堂を訪ね、そこで、のちに二・二六事件の首謀者のひとりとなる北槻中尉（物語の途中で大尉に昇格する）に紹介される。そして、加柴と北槻は接近する。『いやな感じ』第二章の初めでは、「斎田慷堂の家で会った北槻中尉と俺は同志のつきあいをはじめたのである。慷堂がその仲立ちをしてくれたことはいうまでもない」とある。

このふたりは、二・二六事件のときに、主人公が事件の現場に中尉を訪ね、軍人たちが占拠している建物のなかに入ることを許されるほど親しい間柄になっていく。いくら親しいといっても、「事件」の現場に民間人が参入することができたのは不思議議な話であるが、それはそれとして、『全集』第六巻の巻末解説を担当した本多秋五は、アナーキストから右翼へと翻身する主人公に対して戸惑いを隠しきれない。「こんど読み返してみて、のっけから、第一章と第二章の間にあるギャップに躓いた。第一章は昭和二年のことである。第二章は昭和五年へとんで、たちまち昭和六年へすべりこむ。昭和二年の主人公は無政府主義者のテロリストである。大杉栄の虐殺に復讐するため、三年前に『福井大将』の狙撃を企てたアナーキストの一味である。昭和六年の彼は三月事件や十月事件など、軍人のクーデター計画の加担者である。第一章と第三《ママ》章の間にある三―四年の空白には、アナーキストから右翼への翻身が横たわっている。そのギャップに躓いたのである」。

たしかに、この小説にはさまざまな「ギャップ」が感じられる。しかし、本質的にテロリストである主人公が、軍部の一部が企てた暗殺計画に荷担したとしても、それほど驚くようなことではあるまい。「ギャップ」はむしろ、大杉栄の社会主義的思想に影響を受けた主人公が、どうして無差別の殺人を犯すようなテロリストになったのかということであろう。だから、「ギャップ」は第一章と第二章とのあいだにあるというよりも、それは物語の設定が開始される第一章自体のなかに強く感じられるのである。

小説『いやな感じ』は、「俺」という一人称の語り手が同時に物語の主人公であり、この主人公の体験と視点を通して、昭和前期（昭和の初めから十二年の支那事変の頃まで）の時代的特徴が浮き彫りになるように設定されている。この場合の時代的特徴は、この時期の軍部や右翼の動きを、主として北槻中尉や斎田慷堂との関係によって主人公が体験するものとして示される。しかし、その関係は、右翼思想や若手将校たちの主張に共鳴するというのではなくて、あくまでもひとりのテロリストとして関わっているにすぎない。つまり、物語の展開としては、昭和前期の軍部や右翼の動きを、それに直接的に参加するのではなく、しかも密接な関係を持ったものとして語らなければならないということであり、そのために、主人公を、独立独歩の、過激なテロリストとして登場させる必要があったということである。主人公は、昭和の動乱に対して主体的に関わろうとしながら、しかしあくまで部外者なのである。
昭和の諸事件の部外者としての主人公は、この小説の第三章において、北海道の根室に妻とともに引きこもり、時代の外で平穏に暮らそうと試みるのだが、テロリストとしての衝動を抑え切れずに、第四章では上海へと渡ることになる。だが、そこでの生活は、支那浪人やテロリストたちの狭い世界に活動の舞台が限定されてしまっている。『激流』の主人公進一が満州に渡り、土地の農民のあいだに活動の場を見出そうとしたのとはあまりにも対照的である。後述するように、この上海での生活は、昭和前期の日本人の閉塞した実態を象徴しているように見える。高見はのちに、「『いやな感じ』を終わって」という文章のなかで、こんなことを書いている。

客観的には『いやな感じ』の加柴四郎の人生は、私の人生ではない。しかし私も生きてきた昭和という同時代に生きた人生である。加柴四郎の人生は、一見特異な人生、数奇な運命のようで、実は昭和時代の日本人の人間像なのである。誰でもひそかに内部に分けもっている人生、私もまた共有している運命なのである。

作者は、何としても主人公加柴四郎のなかに「昭和時代の日本人の人間像」を見たいと願ったのだった。一匹狼のようにあらゆる組織やグループや派閥から離れて、独立独歩で奔放に生きようとする主人公ではあるが、結局は時代の大きな波に飲み込まれてしまう運命から逃れることはできない。『いやな感じ』とは、そういう「特異な人生」を通して昭和の時代を描こうとした物語なのである。

3　時代の内・外

通常「昭和の動乱」と言われる軍部や右翼の動きの方はどのように描かれているのだろうか。

この物語では、まず昭和前史ともいうべき大杉栄の扼殺と、その復讐の対象である福田雅太郎大将狙撃事件（大正十三年九月）が話題になっている。小説では「福井大将」とされているこの暗殺計画に主人公も参加したのだが、失敗して仲間は死刑となる。こうして主人公は、「死にぞこないのテロリスト」として小説舞台に登場するのであり、彼がアナーキストからテロリストに趨《はし》ったのは大杉栄の復讐を果たすためだったとも言える。

主人公が斎田慷堂の家で青年将校北槻中尉と出会ったのはまったくの偶然であるが、軍人を目の敵とする主人公が青年将校と急接近することが不思議だとして、先に本多秋五が「躓き」を覚えたのだった。しかし、北槻中尉は、軍人であるとはいえ軍の上層部に批判的な革新将校であり、慷堂をして「カタキ同士の君たちを、そのうち、わしが仲良くしてみせる。国を憂えている点では同じさ」と言わしめる、いわば反逆者として同類の存在なのである。主人公が右翼になったわけではないし、軍人に共鳴したわけでもない。激越な性格のテロリストが革新派青年将校と結びつく物語設定は決して不思議なことではないと、作者は考えたに違いない。

こうして作者は、軍部や右翼によって計画され、あるいは実行された「事件」を、主人公「俺」の視点と行動を通して丹念に取り上げている。昭和五年頃から十一年にかけて実際に続発し、小説でも取り上げられている「事件」を列挙すれば以下の通りである。

昭和五年十月「桜会」の結成
昭和六年三月「三月事件」
昭和六年　宇垣大将暗殺計画
（昭和六年九月満州事変勃発）
昭和六年十月「十月事件」
昭和七年二月血盟団事件
昭和七年五月「五・一五事件」
（昭和八年一月山海関、華北侵攻）
昭和九年十一月「十一月事件」
昭和十年八月永田鉄山殺害事件
昭和十一年二月「二・二六事件」

（昭和十二年七月蘆溝橋事件勃発）

まさに、『激流』のなかで描かれたものとはまったく別の、もう一つの昭和史の断面ということになる。

言うまでもないが、右に列挙したすべての「事件」に、主人公が直接参加したわけではない。主人公が行動に参加する予定になっていて未遂に終わったのは、昭和六年の「三月事件」と「十月事件」だけである。作者は、この二つの「事件」について、主人公を計画の段階から関わらせているだけではなく、「事件」そのものの計画内容についても、小説作品としては異例と思われるほど詳しく触れている。

ところで、主人公はこの「事件」にどのように関わっていたのか。

俺は投爆班の一員に加えられた。というより、みずから買って出たのだ。（中略）俺は地方人（民間人）の誇りと名誉にかけて、ぜひとも投爆の仕事に当りたいと頑張った。（中略）俺はこのクーデターが成功したあかつきは、どういうことになるのか、それは深く考えなかった。考えないようにしていたとも言える。投爆ということそれ自身に胸をおどろかせていたようだ。

主人公にとって、軍隊のなかのクーデターの意味などほとんど考えるほどのことでもなく、ひたすら投爆というテロリズムの行為自体に興奮しているのである。

しかし、このクーデター計画はあっけなく中止される。「不発に終わった原因は、軍の上層部が時期尚早という断定を下したためだという。だが、その陸軍の変心ということが、やがて、尾垣大将〔宇垣一成大将のこと〕の変心というように伝えられてきた」。ついでに言えば、尾垣大将を暗殺しようという計画が持ち上がって、朝鮮総督として京城に赴任した尾垣を、主人公がつけ狙う話が続く。しかし、実行前に日本への帰国指令があって未遂に終わっている。

さて、ここで論じようとしているのは、「三月事件」と呼ばれるものが不発に終わった原因を追究することにあるのではない。大事なのは、昭和六年のこの時期、政財界の腐敗に対して軍部や右翼の急進派が呼号して決起した事実と、そういう状況に純粋なテロリストが紛れ込んで活動しようとしたことである。高見は、テロリスト加柴四郎が「三月事件」に参入しうる余地があったと、その可能性を主張しているのだ。政情の危機的な状況にあって、テロリストの活動する場が存在すること、そこに昭和という時代の無視しえぬ特徴があると高見は考え、加柴四郎という主人公を設定したのである。

くり返して言えば、『激流』の主人公永森進一の世界とはまったく違った世界がここに存在する。昭和前期の時代において、二つの小説はどちらが「正統」でどちらが「異端」であるか、にわかには断定しきれないものがある、と言えるかもしれない。

動乱の昭和は、昭和十一年二月二十六日早暁に暴発した軍部クーデターで一つの頂点に達する。「二・二六事件」については、『激流』のなかでも多くのページが割かれているが、その場合の描かれ方の特徴は、永森兄弟の弟正二が、入隊した直後に「事件」に巻き込まれて、中隊長の命令のままに動く一兵卒として登場し、それが「二・二六事件」であることも意識できないままに、正二の視点を通して事態の推移が具体的に描かれるところにあった。

『いやな感じ』は、『激流』と同じ方法を取ることはしないので、主人公加柴四郎をこの「事件」に直接参加させてはいない。彼はあくまで部外者なのである。

蹶起のことを病床で知った俺は、しまった！　と叫んだ。病いに倒れていなかったら、当然俺は彼らと行動をともにしていたはずだ。ともにすべきだったと俺は俺の病気が、いや、不運がくやしかった。不運？――俺にはたしかに不運と感じられたのだった。だって不発に終わったあの三月事件、十月事件に俺は参加しておきながら、今度こそは不発でなく遂に実現を見た、しかも北槻大尉らが中心のこの二・二六事件にこの俺が無縁だったということは、なんとしても残念だった。理屈抜きで、無念至極だった。

こうして、主人公「俺」の主観は排除され、「事件」についての客観的な記述が採用される。歴史的な経過が淡々と記述されるからである。

蹶起部隊は初め軍中央部から地区部隊と名づけられた。それは正規軍の一部だという意味だった。反乱軍と目されたのではなかったのだ。それどころか軍中央部の高級将校のなかには、進んで激励や賞讃の言葉を蹶起の青年将校たちに呈する者が数多《あまた》いたのである。この地区部隊が占拠部隊という名称に変えられた時から、形勢がおかしくなった。間もなく騒擾部隊という名に変えられた。蹶起部隊は反乱軍だとされたのである。（ルビ原文のまま）

この「事件」を外から見つめることしかできなかった加柴四郎は、このように事態の経過を客観的に書き留めるだけである。

それに対して、「事件」を内から体験していた『激流』の永森正二は、責任を取って自決した北槻大尉の最期の場面を、こんなふうに描いていた。第七章で引用した箇所だが、あらためて読んでほしい。

血が雪にしみて、ひろがって行く。かき氷のイチゴを思わせる美しい色だった。正二は兄の進一が喀血したたちときに見た血の色を思い出した。（こんなときまで、兄貴がつきまとってくる……）正二はそれがいまいましく、兄貴のあんな血などより、大尉のこの血の色のほうが、ずっとずっと美しく、純粋だと唇を噛んだ。

中隊長北槻大尉を崇拝している一兵卒の正二は、「事件」の指導者のひとりをこのように描いて賞賛しているのに対し、大尉を親しい友人と目していた加柴四郎の方が、「事件」を客観的に描くしかなかったところに、小説における時代描写の複雑さと皮肉がある。

4　最終章の問題

翌昭和十二年七月、蘆溝橋で爆破事件が起こり、支那事変が勃発する。戦火が上海に飛び火したその「暑いさかりの八月中旬、二・二六事件の民間側被告に判決が下された。斎田慷堂は南一光とともに死刑を宣告された。（中略）判決後、直ちに――五日後という早さは、直ちにと言っていいだろう――刑が執行された。銃殺である」。

南一光は実在の北一輝を思わせる名前なので、さしずめ斎田慷堂は西田税ということになるが、こんなことは問題ではない。物語の進行は、ここで主人公が、かねてひそかに思い描いていた上海行きの決意を固めることになる。

上海には、加柴四郎がこれまでに知り合った人々のほとんどが、それぞれに野心を抱き、利害対立をはらみながら渡り住んでいる。彼らが上海に渡ったについては各人の思惑があってのことなのだが、作中人物のほとんど全員が一箇所に寄り集うという設定は、当時少なからぬ日本人が中国大陸に渡航したという事実を念頭に置いたとしても、いかにも不自然である。

しかし、何よりも不思議な「ギャップ」は、上海という限定された土地で、しかも限定された日本人だけのあいだで、はっきりとした理由もなしに暗殺がくり返される小説空間の設定である。主人公は、対立する派閥の日本人ふたりを射殺し、ラストシーンでは中国人まで惨殺する。戦場で中国人捕虜を軍刀で惨殺するラストシーンで、主人公は以下のように自分の半生を振り返る。少し長い引用になるが、この長編小説全体のまとめのような部分である。

> 根っからのアナーキストだと玉塚から言われた俺は、大杉栄が言った、われらの反逆は生の拡充なのだという言葉を改めて思い出させられた。生の拡充、生命の燃焼を俺は欲した。俺にとってこの恥ずべき愚行——愚行なんて言葉ですまされるものではないが、これは正に生命の燃焼なのだった。
> 革命的情熱の燃焼とは生命の燃焼にほかならないと、往年の俺は信じていた。中国人の虐殺が、俺にとっては生命の燃焼、すなわち革命的情熱の燃焼にほかならないとなったとは、思えば、ああ、なんたることだろう。あの根室であんなに俺は、平凡に生きようと考えたのに、しょせん、平凡な生活者になれなかった俺にとって、これが生の拡充だったとは……

この引用部分の文体があたかも人生のまとめのように感じられるのは、『いやな感じ』という小説全体が、主人公加柴四郎が後年に書いた回想という形式を取っているからである。

若い頃に大杉栄の著書に影響を受けた主人公は、「生の拡充」、「生命の燃焼」という考え方に憑かれる。そして、「生命の燃焼」こそが「革命的情熱の燃焼」だと信じ込んで、テロリズムに趨《はし》ったのである。こうして、主人公にとっては、アナーキズムとテロリズムは同義となり、テロリズムから個人的な殺人も平然と行なわれる。そして、「生命の燃焼」の行きつく先が、中国人の殺害となった。主人公自身が「恥ずべき愚行」と言わざるをえないような最悪の結末にほかならない。それは、小説の主人公が身をもって告白する、日本人全体の「恥ずべき愚行」を象徴しているようにも思われる。加柴四郎のような、まことに加虐的で暴力的な生き方もまた、日本人が内外に示した重大な一面だったのである。

それにしても、『いやな感じ』と『激流』という二つの長編小説を同時並行的に執筆することができた高見順の小説家としての力能は瞠目に値するものであり、それだけ昭和という時代を多面的に描こうとする作家としての意欲には、他に追随を許さぬものがあったと言えよう。

参考文献

『高見順全集』全二〇巻＋別巻、勁草書房、一九七〇―七七
『高見順日記』全八巻九冊、勁草書房、一九六五
『続高見順日記』全八巻、勁草書房、一九七五―七七
高見順『混濁の浪　わが一高時代』構想社、一九七八
高見順編『浅草』英宝社、一九五五
日本近代文学館編『文学者の手紙』六、博文社、二〇〇四

＊

石光　葆『高見順　人と作品』清水書院、一九六九
土橋治重『高見順　永遠の求道者』社会思想社、一九七三
奥野健男『高見順』国文社、一九七三
梅本宣之『高見順研究』和泉書院、二〇〇二
坂本満津夫『高見順　魂の粉飾決算』東京新聞出版局、二〇〇二
坂本満津夫『高見順の「昭和」』鳥影社、二〇〇六
小林敦子『生としての文学』笠間書院、二〇一〇

＊

磯貝英夫『戦前・戦後の作家と作品』明治書院、一九八〇
磯田光一『昭和作家論集成』新潮社、一九八五
伊藤整『伊藤整全集』第二十巻、新潮社、一九七三
巌谷大四『非常時日本文壇史』中央公論社、一九五八
稲垣真美『旧制一高の文学』国書刊行会、二〇〇六
大杉栄『大杉栄全集』第二巻、現代思潮社、一九六四
尾崎秀樹『近代文学の傷痕』岩波同時代ライブラリー、一九九一
小田切進『昭和文学の成立』勁草書房、一九六五
加藤周一『自選作品集』第二巻、岩波書店、二〇〇九
神谷忠孝・木村一信『南方徴用作家』世界思想社、一九九六
木村一信『昭和作家の〈南洋行〉』世界思想社、二〇〇四
木村一信・竹松良明編『南方徴用作家叢書・ビルマ篇』全十四巻、龍渓書舎、二〇〇九
キーン、ドナルド『日本人の戦争』文藝春秋社、二〇〇九
榊山潤『ビルマ日記』南北社、一九六三
桜本富雄『日本文学報国会』青木書店、一九九五
思想の科学研究会編『転向』全三巻、平凡社、一九五九
清水幾太郎『清水幾太郎著作集』第一四巻、講談社、一九九三
田中武夫『橘撲と佐藤大四郎』龍渓書舎、一九八〇
遠山・今井・藤原『昭和史』岩波新書、一九五九

十返　肇『時代の作家』明石書店、一九四一
中島健蔵『昭和時代』岩波新書、一九五七
中野好夫『現代の作家』岩波新書、一九五五
中村真一郎『戦後文学の回想』筑摩書房、一九六三
新田　潤『わが青春の仲間たち』新生社、一九六八
平野　謙『現代の作家』青木書店、一九五六
平野　謙『平野謙全集』第二巻、新潮社、一九七五
平野謙他編『現代日本文学論争史　下』未來社、一九五七
本多秋五『転向文学論』未來社、一九五七
三雲祥之助『ジャワ日記（二〇〇二年復刻）』大日本出版社、一九四二
宮本百合子『宮本百合子全集』第十巻、新日本出版社、一九八〇
山田清三郎『プロレタリア文学史』理論社、一九五四
吉野孝雄『文学報国の時代』河出書房新社、二〇〇八
吉本隆明『芸術的抵抗と挫折』未來社、一九六三
『近代日本総合年表』岩波書店、一九六八
小田切進編『日本近代文学年表』小学館、一九九三

あとがき

私が初めて高見順の名前を知ったのは、昭和三十五年（一九六〇）の安保闘争の頃だった。ときどき雑誌『世界』を購入して、安保問題について学習していたが、そこにたまたま高見順の『激流』という小説が連載されていた。作者の名前よりも『激流』というタイトルに惹かれて、ついでに目を通したのだった。この作者にとっては、昭和十年代の激しい反動化の時代が「激流」と映ったように、安保闘争のさなかの時期には、田舎から上京して間もない学生にとって、その時代がまさに「激流」そのものだった。

その後しばらくして、高見順という作家が重い病気と闘いながら、近代文学館設立のために努力していることを新聞で知った。こうして、高見順という名前と、戦前と戦後の「激流」の時代とが結びついて、この作家のことがその後も私の脳裡から消えることはなかった。それどころか、いつか本格的に高見順を読んでみたいという思いが少しずつ醸成され、沈殿していったように思われる。

私ごとの文章を続けて恐縮だが、長いあいだ勤務しているあいだは日本文学を読むような余裕もなかった。しかし、仕事をすっかり辞めてからは自分の時間を高見順に振り向けることができ、今回あらためて時系列的に高見の作品を追いかけてまとめたのが本書である。彼の作品を読みながら感じたことは、高見文学の今日的な評価は、昭和の時代という時代性と密接に関連づけながらなされなければならないということであった。

これまでに高見順については雑誌『りべるたす』などに書いたこともあるが、日本文学にはまったくの素人である自分がこのようなものを書いたのは、一つには、基本的に文学には国境がなく、文学と現実世界との関係性は万国共通であり、フランスも日本も同じだと思われることにもよるが、何よりも、高見が書きたいとしきりに述べていた昭和の時代は、私自身の時代でもあるということが念頭から離れることがなかったからである。

昭和とはいかなる時代であったか。抽象的な言い方になるが、八月十五日を境にして、戦前も「激流」の時代であり、戦後もまた「激流」と言っていい時代だった。それは、平成時代になって、日本全体の地盤沈下が進み、社会の緊張感が弛んでいるように見える状況とは明らかに異なる時代であったと思われる。そうした昭和の時代を生きてきた人々にも、またそれを歴史として追体験することになる人々にも、高見順の言う「激流」の意味を共有してほしいと願わずにはいられない。

これまで高見順について書かれた出版物は、日本の作家にしては必ずしも多い方ではないが、それでも数え出せば枚挙にいとまはない。多くの方々の論考を参考にさせていただいたが、直接引用することはできるだけしなかったつもりである。自分なりの文章の調子を保ちたいと考えたからである。

一冊の著作として上梓するまでには多くの方々の応援を受けた。とりわけ、本論については『りべるたす』同人の竹添敦子さんに目を通してもらい、たいへん貴重な意見を寄せていただいた。高校以来の親友である西島幸夫君には、浅草の街をぶらつくときに終日付き合ってもらったこともある。また、宇治土公三津子さんはじめ近代文学館関係の皆さんにもたいへんお世話になった。

以前の『ダダ追想』のときと同じく、今回も萌書房の白石徳浩さんに出版をお願いすることになった。白石さんとは『ヴェルコールへの旅』（一九九四）以来の長いお付き合いである。変わらぬご厚意に感謝している。

二〇一一年四月

著者しるす

■著者略歴
川上　勉（かわかみ　つとむ）
昭和13年（1938）石川県に生れる
早稲田大学文学部仏文科卒業。立命館大学名誉教授
著書に『ヴェルコールへの旅』（昭和堂），『ヴィシー政府と「国民革命」』（藤原書店），『現代文学理論を学ぶ人のために』（編著：世界思想社），訳書にルイ・アラゴン『文体論』（講談社），ルイ・アラゴン／マルク・ダシー編『ダダ追想』（萌書房）などがある。

高見順　昭和の時代の精神

2011年8月31日　初版第1刷発行

著　者　川　上　勉
発行者　白　石　徳　浩
発行所　有限会社　萌《きざす》　書　房
〒630-1242　奈良市大柳生町3619-1
TEL（0742）93-2234 / FAX 93-2235
［URL］http://www3.kcn.ne.jp/~kizasu-s
振替　00940-7-53629

印刷·製本　共同印刷工業・藤沢製本

ISBN978-4-86065-061-2